신유진 소설

페튿베

시간의흐름.

신유진

소설과 산문, 희곡. 한 장르에 국한되지 않고 다양한 글을 쓴다. 아니 에르노, 클라리시 리스펙토르의 작품 등 다수의 책을 우리말로 옮겼다.

전혜린으로부터

차례

모르는 사이   9
우아하고 완벽한 곡선   23
이어 쓰기   65
다시 쓰기   79
너의 삶을 쓴다면   118
빛이 내는 소리   130
페른베   153

작가의 말   158

모르는 사이

잠이 안 올 때 전화를 거는 사람들이 있다. 지독히 혼자라고 느낄 때나 술에 취했을 때, 화가 나서 견딜 수 없을 때, 아니면 섹스를 하고 싶을 때 전화를 거는 사람들도 있다. 그들 대부분은 아는 사람에게 전화하지 않는다. 오직 모르는 사람들, 잠이 안 오는 것과 혼자인 것과 술에 취한 것, 화가 난 것, 섹스를 하고 싶은데 섹스를 할 수 없는 것을 들켜도 되는 사람에게 전화를 건다. 그런 이들의 전화를 받는 것이 내 일이다.

마음 콜센터 상담원으로 일한 지 7개월이 됐다. 콜센터의 표어는 '마음이 힘들 때 전화하세요'이고, 상담은 유료와 무료, 두 종류로 나뉜다. 무료 상담은 주로 전문 상담 기관에 연결해주는 일을 담당하고, 유료 상담은 '해소'를 목적에 두고 있다. 욕구, 욕망, 분노, 불안, 궁금증의 해소. 해소의 범위는 매우 넓지만 마음의 일이라는 공통점이 있다. 그런데 어디서부터 어디까지가 마음일까? 잠이 오지 않는 건 육체의 일일까, 마음의 일일까. 기준이 불분명한 단어 선택 때문에 수도 없이 많은 '마음'과 마음을 넘어서는 이야기를 듣는다.

들어주는 것, 그것은 칸막이 화장실이 되어주는 일이기도 하다. 나는 상담원에게 주어지는 공간(파티션으로 나눈 곳) 안에서 종종 변기가 되는 기분을 느낀다. 하지만 마르셀 뒤샹이라는 예술가는 소변기를 '샘'이라 부르지 않았던가. 원제는 Fontaine. '분수'라는 뜻도 있다. 물이 뿜어져 나오는 곳, 나는 거기서 말이 뿜어져 나오는 것을 상상하곤 한다.

마르셀 뒤샹의 '샘'을 알게 된 건 석 달 전쯤이다. 이십 대 초중반으로 추정되는 한 상담 요청자가 괴롭힘을 호소해왔다. 그는 친구들이 자신을 '변기'라고 부른다고 털어놓았다. 변기, 그게 그렇게 슬픈 단어였던가.

전화를 받다 보면 세상은 작은 못이고 우리는 모두 못 근처에서 목 놓아 우는 개구리 같다. 누군가가 장난으로 던진 돌에 죽거나 울거나. 문제는 돌을 던진 놈은 보이지 않는다는 것이다. 모두 개구리뿐이다. 내가 아는 세계는 그렇다. 개구리가 던진 돌에 개구리가 얻어터진다.

'변기'라고 불리는 상담 요청자는 자신의 별명이 자신의 직업 때문이라고 믿었다. 그는 불분명한 발음으로 자신을 오물 처리반으로 소개하며 내게 그 일을 할 수밖에 없는 이유를 장황하게 설명했다. 어쩌면 스스로를 변호하고 싶었던 것도 같다. 그는 전화를 끊을 때쯤 이렇게 말했다.

하지만 마르셀 뒤샹은 소변기를 '샘'이라 불렀어요. 뒤샹이 '샘'이라 부른 순간, 그건 하나의 작품이 되었고요.

샘.

개구리처럼 울던 그가 내게 남긴 단어다.

그와 전화를 끊고 마르셀 뒤샹의 '샘'을 검색해봤다. 어디선가 본 듯한 남성용 소변기였다. 자세히 보면 이름도 적혀 있다.

뒤샹이 처음 그 작품을 전시했을 당시, 그는 자신이 작품의 창작자임을 밝히지 않았고, '샘'은 전시장 구석에 놓여 있다가 쓰레기 취급을 받고 버려졌다고 한다. 지금 사람들이 알고 있는 '샘'은 뒤샹이 그 이후에 만든 열일곱 개의 복제품들이다. 마음 콜센터에도 열일곱 개의 방이 있고, 열일곱 개의 방 안에는 열일곱 명의 상담사가 있다. 변기이든 샘이든 뭐든 무슨 상관인가. 내가 변기이고 나에게 전화를 건 이가 소변이든, 내가 샘이고 나에게 전화한 이가 물이든 중요치 않다. 어차피 우리는 모르는 사이니까.

모르는 사이라서 가능한 것들이 있다. 지금, 잠을 설친 내가 그곳의 전화번호가 적힌 쪽지를 만지작거리며 망설이는 것도 우리가 모르는 사이이기 때문이다.

처음 그 이름을 본 곳은 단골 김밥집이었다. 집 근처 버스 정류장에서 한참을 걸어가야 하는 그 가게는 우연히 산책하다 발견한 곳으로 오직 김밥만을 판다는 게 마음에 들었다. 정갈하게 손으로 쓴 메뉴판도. 참치김밥, 치즈김밥, 김치김밥, 우엉김밥, 야채김밥. 나란히 줄 맞춰 쓴 그 김밥들을 하나씩 읽다 보면 마음이 편안해졌다. 명료하니까. 그 김밥들은 음의 높낮이 없이, 감정의 기복 없이 부르는 노래 같다. 그날도 손가락으로 건반을 누르듯 글자를 하나씩 짚어가며 메뉴판을 읽고 있었다. 질서 정연하게 나열된 글자들이 머릿속에서 명쾌하게 울렸다. 그러다 손가락 끝에 낯선 문장이 걸렸다. 연필로 쓴 글씨, 그 문구를 발견하게 된 것이다.

우아하고 완벽한 곡선*
쓸수록 선명해지는 세계에 당신을 초대합니다.

처음에는 밑도 끝도 없는 말이라고 생각했다. 무엇을 쓰고 뭐가 선명해진다는 말인가? 나는 낯선 외국어를 마주한 것처럼 한 글자씩 살폈다. 먼저 머릿속에 떠오른 것은 불법 시술이었다. 눈썹 문신? 하지만 김밥집 메뉴판에 눈썹 문신 광고를 내는 사람이 있을까? 내가 알기로 그런 시술은 입에서 입으로 전해진다. 그렇다면 아이들의 장난일까? 그러기에는 지나치게 어른스러운 어휘였다. 나는 아주머니가 김밥을 마는 동안 곡선으로 된 것들을 생각했다. 아무것도 떠오르지 않았다. 갑자기 온 세상이 직선의 평행, 교차, 충돌로 느껴졌다. 내가 아

---

* '우아하고 완벽한 곡선'은 낚시를 주제로 한 앤솔로지 산문집 『우아하고 커다랗고 완벽한 곡선』(데이비드 조이 외, 현암사)에서 착안한 이름이다.

는 것들은 좀처럼 곡선을 그리는 법이 없었다. 나는 끝내 그 곡선이 의미하는 바를 알아내지 못하고 김밥을 사서 집으로 돌아왔다.

그 이상한 이름을 두 번째로 만난 곳은 빨래방이었다. 중고 세탁기 판매와 새끼 강아지 분양 광고가 붙은 '우리 동네 요모조모' 게시판에 그 이름이 또 적혀 있었다. 이번에는 낙서처럼 쓴 글자가 아닌 진짜 광고지였다. 나는 호기심에 광고지 하단에 부착된 전화번호 한 장을 뜯어 주머니에 넣었다. 자꾸 곱씹게 되는 묘한 이름이었다.

우아하고 완벽한 곡선, 사실은 그게 무엇인지 떠오르지 않아 신경이 쓰였다. 한편으로는 추상적이고 아름다운 말이라고 생각했다. 어쩌면 어떤 형체가 그려지지 않았기 때문에 아름답다고 느꼈을지도 모르겠다. 내가 아는 모든 것은 구체적인 형체가 생기는 순간 실망감을 안겨줬으니까. 사랑이 누군가의 신체와 말이 되고, 슬픔이 울음이 되는 순간 구질구질해졌던 것처럼.

나는 한동안 그 전화번호를 주머니에 넣고 다녔다. 작고 얇은 종이를 만지작거릴 때마다 머릿속으로 어떤 곡선을 그려보기도 했다. 반달, 누군가의 눈썹, 몸의 굴곡, 멀리 돌아가야 하는 길. 물론 그 번호로 연락할 마음은 없었다. 그저 그것을 쥐고 있는 동안 곡선으로 된 것들을 그려보고 싶었을 뿐이었다. 수수께끼를 풀거나 숨은그림찾기를 하는 것처럼. 그러다가 결국 이렇게 전화기 앞에서 망설이게 됐다. 별생각 없이 손댄 수수께끼가 도저히 풀리지 않아 마침내 정답지를 열어보려는 사람처럼 말이다.

 핑계를 대자면 야간 근무 때문이다. 나는 야간 근무를 선호하지 않는다. 주간 근무보다 수당이 훨씬 높지만, 일의 밀도가 완전히 다르다. 밤에는 감당하기 힘든 일들이 일어나서 긴장을 늦출 수 없다. 텅 빈 사무실에서 파티션으로 나누어진 공간에 들어가 헤드셋을 끼고 속삭이듯 말하고 있노라면 폐허에 혼자 남겨진 것 같다. 멸망하는 세상에 하나뿐인 무능한 구조자가 된 듯한 기분이랄까. 전화기 너머에서 상담 요청자의 목소리가 들리는 순간 식은땀이 난다. 무슨 일이 일어날 것만 같다. 하지만 회사 생활이라는 게 죽어도 싫은 일을 죽을 것 같은 얼굴로 해야 할 때가 있다. 어제가 그런 날이었다. 야간 근무조에 두 명이 빠졌다. 한 사람은 갑자기 병가를 냈고, 다른 한 사람은 사라졌다고 했다. 나는 사라진 사람을 대신해 그의 자리에 앉게 됐다. 상사는 그가 일주일째 출근하지 않고 있으니 책상 정리도 함께 부탁한다고 했다. 종종 있는 일이다. 콜센터 상담원들은 열일곱 개의 칸막이 방에 쉽게 들어오고 쉽게 떠난다.

 저녁을 대충 먹고 근무를 시작하기 전에 책상을 정리했다. 누군가의 물건을 정리하면 그 사람이 어떤 사람인지 조금 이해하게 된다. 그 책상은 서랍이 텅 비어 있었다. 일부러 치운 것 같진 않았다. 두고 다닐 마음이 없는 사람이 아니었을까. 하지만 책상 한쪽에 놓인 작은 상자에서 메모지와 소액 대출, 부동산 전문 대출 등 대출 상담 명함을 발견했다. 사람은 어떻게든 흔적을 남긴다.

텅 빈 것도, 버린 것도 흔적으로 읽힐 수 있다. 물론 정작 본인은 자신이 무엇을 남겼는지 모를 테지만.

나는 그 폐허 같은 자리에 앉아서 전화를 받았다. 간절한 요청과 장난스러운 질문, 무미건조한 대답이 오갔다.

야간 근무를 마치고 집에 돌아와 씻고 시계를 보니 아침 6시였다. 암막 커튼을 치고 안대를 하고 침대에 누웠다가 눈을 떴더니 8시. 어렴풋이 빗소리를 들었던 것 같다. 침대에 누워서 눈만 깜빡거리다가 8시 반쯤 다시 눈을 감았다. 옆집 문이 열리고 닫히는 소리에 다시 눈을 떴을 때는 9시 반. 빗소리가 점점 선명하게 들렸다. 그때부터 30분 간격으로 눈을 감았다가 뜨면서 빗방울인지 발걸음인지 헷갈리는 소리를 들었고, 다시 선잠을 잤다가 11시쯤에 겨우 손을 뻗어 커튼을 살짝 열었다. 빛이 쏟아졌다. 커다란 무지개가 보였다. 우아하고 완벽한 곡선이었다. 나는 뭔가에 홀린 사람처럼 침대를 빠져나와 외투 주머니를 뒤져 그 전화번호를 찾아냈다. 종이를 쥐고 침대에 걸터앉아 한참을 멍하니 있었다. 어느새 나는 완벽한 각성 상태가 됐다. 순간, 전화를 걸고 싶은 충동을 느꼈다.

전화로 물어보기만 할까? 잠도 안 오고 할 일도 없는데. 혼잣말로 중얼거렸다. 혼잣말은 늘 변명처럼 들린다.

그냥 잠이 안 와서. 지난밤이 고단해서. 내게 전화를 건 이들처럼 나 역시 혼자여서. 나는 마침내 종이에 적힌 번호로 전화를 걸었다.

여보세요.

목소리가 낮은 여자가 전화를 받았다.

우아하고 완벽한 곡선인가요?

네. 맞는데요.

죄송하지만, 거기가 뭘 하는 곳인지 여쭤봐도 될까요?

나는 용기 내어 물었다.

우아하고 완벽한 곡선을 그리는 곳입니다.

여자가 말했다.

네?

농담이에요. 글방입니다.

여자는 웃지 않고 말했다.

아, 글방이 뭔가요?

글 쓰는 곳입니다.

글 쓰는 곳이요?

나는 다시 물었다.

네. 우아하고 완벽하게 곡선을 그리는 일이죠.

여자의 대답은 도통 이해할 수 없었다.

우아하고 완벽한 글을 쓰는 건가요?

아니요. 우아하고 완벽한 글은 없어요. 대신 우아하고 완벽하게 글을 낚을 수는 있죠. 낚시처럼.

여자는 웃음기 없이 대답했다.

글을 낚는다고요?

가만히 기다리면 저절로 찾아오는 말들이 있거든요. 그때 그걸 낚아채야 해요. 물론 놓칠 수도 있고, 낚아올린 말이 마음에 걸리면 놓아줘야 될 수도 있어요. 그런

점에서 글쓰기는 낚시와 비슷하죠.

여자가 말했다.

그러니까 한마디로 글 쓰는 곳이죠?

네.

여자는 웃는 것 같았다.

모든 참여자가 글을 쓰나요?

네. 모두 씁니다.

가보고 싶은데요.

나도 모르게 그 말이 튀어나왔다.

누구시죠?

하지만 여자가 그렇게 물었을 때, 나는 "실례했습니다"라고 말하고 전화를 끊어버렸다. 습관이었다.

마음 콜센터 상담원이 반드시 지켜야 하는 규정이 있다. 상담 요청자보다 먼저 전화를 끊지 않을 것. 반말을 지껄이든 욕을 하든 우리는 전화를 끊지 않는다. 단, 두 가지 경우는 제외한다. 첫 번째는 금전 요구를 받았을 때. 일을 시작한 지 얼마 되지 않았을 때, 아기의 수술비가 없다는 한 남자의 전화를 받은 적이 있다. 절실하고 비참한 내용이었다. 나는 계좌번호를 물어서 그에게 돈을 보냈고, 그 일을 보고서에 쓰진 않았지만 상사에게 말했다가 호되게 야단을 맞았다. 원칙적으로 상담원은 모든 금전 요구를 거부해야 하고, 요구가 계속 이어질 경우 통화를 종료해야 한다. 회사는 상담원의 금전적 피해를 보상해주지 않기 때문이다. 두 번째는 상담원에게 신원을 밝힐 것을 요구하는 경우이다. 이름, 사는 곳, 나이, 출신. 그 어떤 것도 대답할 필요가 없으며 대답해서도 안 된다. "누구시죠?"라고 묻는 말에는 "마음 콜센터 상담원입니다"라고만 답한다. 필요한 경우에 가명을 댈 수도 있다. 하지만 신원을 밝히길 요구하는 질문이 계속되면 "죄송하지만, 통화를 종료하겠습니다"라고 답하는 것이 매뉴얼이다. 신입 때 사수가 말했다. 우리는 누구도 아니어야 한다고. 그래서 누구인지 묻는 말에 대답할 필요가 없다고. 서로가 누구인지 아는 순간, 상담 요청자도 상담원도 유쾌하지 못한 상황에 놓인다고. 그게 익숙해진 탓일까. 내가 누구인지 묻는 말에 답을 할 수 없다. 아니, 어쩌면 답을 가져본 적이 없는지도 모르겠다.

이상하게 전화를 끊어버렸지만 원하는 대답을 들었기에 어느 정도 만족할 수 있었다. 그런데 글방이라니……. 그런 곳에 가본 적이 있었던가? 처음 들어본 단어처럼 낯설었다. 나는 커피를 내리면서 글방이라는 말을 곱씹었다. 창 너머로 언제 비가 내렸냐는 듯 해가 쨍쨍했다. 세상의 수많은 방을 드러내는 강렬한 빛이었다. 폐업한 노래방, 사람이 드나드는 것을 본 적 없는 소주방, 색이 바랜 옷들이 세탁기 안에서 미친 듯이 돌아가는 빨래방, 상가에 딸린 방, 사각팬티를 입은 남자가 담배를 피우는 누군가의 방. 베일 같은 어둠을 벗겨내면 남루한 방들이 드러난다. 그것이 나를 둘러싼 세계이고, 세계는 나의 거울이다. 이런 세계에도 글방이란 게 존재할까?

하지만 따지고 보면 나도 방에서 글을 쓴다. 정확히 말하자면 아주 커다란 사무실을 파티션으로 나눈 공간에서. 상담원들은 각자 방을 배정받는다. 방 안에는 책상과 전화기, 헤드셋, 컴퓨터가 있고, 우리는 컴퓨터로 상담 내용을 기록한다. 그렇지만 그 내용이란 게 대체로 앞뒤가 잘 맞지 않는다. 개연성이나 논리가 없는, 파편적 단어들의 나열이 전부다. 폐허가 된 사람들의 말이 그렇다. 무너진 사람들은 말도 부서져 있다. 그럴 때 상담원이 하는 일은 말을 꿰매는 것이다. 우리는 누군가의 말을 토대로 스토리를 재구성한다. 사실상 그것은 소설과 다름없는데, 소설 중에서도 초단편에 가깝다. 상담 요청자의 전체 서사를 알지 못하고, 그의 이야기를 지속적으로 이어나갈 수 없기 때문이다. 상담 요청자가 여러 번 전화를 걸어도 똑같은 상담원을 만나게 될 확률은 거의 없다. 상담원은 무작위로 배정된다. 정신적 고통에 시달리는 한 사람을 지속적으로 관리하는 일은 정신과 혹은 심리학 교육을 받은 전문가의 영역이고, 우리가 하는 일은 그저 일시적 고통과 불안을 덜어주는 것뿐이다. 말하자면 대나무 숲 같은 것. 대나무에는 이름이 없다. 비밀도 마찬가지여야 한다. 비밀에 이름이 생기면 노출되기 마련이다.

이름을 모르는 사람들의 비밀로 이야기를 쓰는 것, 이것도 일종의 글쓰기라고 할 수 있지 않을까. 우리가 만든 이야기들은 취합되어 사회적 문제를 연구하는 기관의 데이터로 쓰인다. 아니, 쓰인다고 한다. 무엇에 어떻게 쓰이는지 정확히 알지 못한다.

언젠가 한 상담 요청자가 사회구조상 하위계층에 속한 이들은 자신이 무슨 일을 하는지, 정확히 어디에, 무엇을 위해 쓰이는지 잘 알지 못한다고 말했다. 그는 나와 자신이 비슷한 일에 종사하고 있다고 했다.

남의 불행을 받아 적는 일.

그가 그렇게 말했다.

나는 그에게 당신의 불행을 받아 적는 게 내 일은 아니라고 전했으나 그는 듣고 있지 않았다. 이따금 히죽대며 웃는 소리가 들렸을 뿐이다. 무엇을 향한 조소였을까. 나는 가늠할 수 없는 타인의 속내를 듣기 위해 애썼지만 그런 것은 애초에 불가능했다. 소득 없는 대화가 몇 마디 오갔고, 답답함을 느꼈는지 결국 그가 흥분한 목소리로 내게 물었다.

당신은 아무것도 모른 채로, 불확실하고 불분명한 상태로 사는 게 불안하지 않아요? 나와 내가 속한 세계에 대해 이토록 아무것도 모른 채로?

그날 나는 처음으로 매뉴얼에 벗어나는 행동을 했다. 전화를 그냥 끊어버린 것이다. 그 상담 요청자와 나눈 대화의 기록도 누락시켰다. 대신 그날의 일을 내 개인 노트북에 옮겨 적었다. 아니, 다시 적었다. 그렇다, 그 표현이 더 정확하다. 그가 내게 전한 모든 이야기를 나는 다시 한번 적었고, 그것은 애초에 그가 말했던 내용과는 조금 다른, 다시 말해 첫 번째 이야기와 묘하게 어긋나는 나의 이야기가 되었다. 아무것도 모른 채로, 불확실하고 불분명한 상태로 사는 나의 이야기.

그날 밤에는 내가 나에게 전화를 거는 꿈을 꿨다. 어느 방 안에서 전화기를 들고 있는 내가 파티션 안에서 헤드셋을 끼고 있는 내게 말했다.

나도 남의 불행을 받아 적어요.

그러자 헤드셋을 낀 내가 방 안에서 전화를 거는 내게 대답했다.

자, 이제 당신의 불행을 말해봐요.

기억나는 것은 거기까지다. 헤드셋을 낀 내가 무언가를 적으려던 순간, 잠에서 깼다. 눈을 떴을 때, 노트북은 켜져 있었고, 하얀 화면에 몇 줄의 문장이 적혀 있었다. 받아 적은 불행. 그것은 내 것이 맞을까? 그날 이후 내게 걸려 온 전화를 의심하게 됐다. 삶은 뜻을 알 수 없는 악몽이고 수없이 많은 내가 나에게 전화를 걸고 있는 것만 같다.

사실은 김밥집 메뉴판에서 '우아하고 완벽한 곡선'을 본 순간 내가 원하는 것이 무엇인지 어렴풋이 알 수 있었다. 선명한 세계, 그래, 그것이다. 어쩌면 나는 쓰는 법을 한 번도 배운 적이 없기에 아무것도 알지 못한 채로 불확실하고 불분명한 삶을 살아가는 게 아닐까. 그렇다면 확실하고 분명하게 알고 싶다.

나는 다시 전화를 걸었다.

여보세요.

낮은 목소리의 여자가 다시 전화를 받았다.

거기가 우아하고 완벽한 곡선이 맞나요?

나는 물었다.

네.
여자의 목소리는 차분했다.
글 쓰는 곳이죠?
네. 우아하게 건지죠.
농담하시는 건가요?
그렇습니다.
여자는 웃음기 없이 말했다.
위치를 알 수 있을까요?
누구시죠?
여자가 또 물었다.
쓸수록 선명해지나요?
나는 심호흡을 한 번 하고 다시 물었다.
누구신지 말씀해주시겠어요?
여자는 부드럽게 말했다.
글을 쓰고 싶습니다.
나는 전화를 끊고 싶은 유혹을 간신히 참고 대답했다.
문자로 안내해드리면 될까요?
내가 휴대폰 번호를 말해주자 곧바로 메시지 알림이 울렸다. 여자가 보낸 문자에는 완벽하고 우아한 곡선의 주소가 찍혀 있었다.
매달 둘째 주 넷째 주, 목요일 저녁 7시입니다.
이번에는 여자가 먼저 전화를 끊었다. 나는 끊긴 전화를 가만히 들고 있었다. 여자와 내가 나눈 대화는 너무도 분명하고 선명해서 어딘가에 옮겨 적을 필요가 없을 것 같았다.

우아하고 완벽한 곡선

'우아하고 완벽한 곡선'은 원도심 극장 거리에 있었다. 이제 극장은 사라졌지만 여전히 극장 거리라고 불리는 곳이다. 오래된 도시가 가진 이름들은 지나치게 단순해서 어쩐지 서글프다. 옛날에 태어났던 아이들의 성의 없는 이름처럼. 엄마처럼. 엄마의 성은 백씨이고, 엄마 자매들의 이름은 순서대로 금은동이다. 백금이, 백은이, 백동이. 엄마는 막내, 동이다. 엄마는 엄마의 서러운 팔자가 이름 때문이라고 믿는다. 하필이면 동이라서. 엄마에게 한 번도 말한 적 없지만 나는 그 이름을 좋아한다. 동글동글하고 야무진 느낌이 꼭 엄마 같다. 하지만 엄마 입장에서는 싫기도 했을 것이다. 금은동 중에 꼴찌인 동이니까. 우리 동이 씨, 엄마는 지금 잘 먹고 잘 자고 있을까.

엄마는 여전히 내가 이 도시에서 사는 것을 받아들이지 못한다. 엄마 입장에서는 변변치 않은 직장에서 일하며 연고 없는 도시에서 사는 게 말이 안 되는 일인 것이다. 사실 나도 다르지 않았다. 이런 식으로 삶의 터전을 완전히 바꾸는 게 가능하다고 생각해본 적도 없었다. 모든 것이 우연이자 충동이었다. 우연히 구직 광고를 봤고, 이 도시를 알게 됐고, 다르게 살고 싶다는 마음이 충동적으로 찾아왔을 뿐이다. 매일 만나는 사람, 매일 다니는 곳, 매일 하는 일이 계속되면 도저히 내가 나에게서 달아날 수 없을 것 같았다. 나는 나를 데리고 잘 살고 싶은 게 아니라 나를 버려두고 달아나고 싶었다.

마음 콜센터 기록 업무에도 리셋이란 게 있다. 상담 내용을 바탕으로 보고서를 작성하다가 상담 요청자의 이야기를 전혀 파악할 수 없거나 상담자가 감당하기 어려운 내용이 되어버리면, '리셋' 마크를 표시하고 상담자가 임의로 쓴 글들은 지운다(상담 중 메모했던 단어나 문장을 별도로 첨부하는 일은 있다). 그것은 일종의 데이터를 초기화하는 일에 가깝다. 초기화한 데이터는 다른 사람에게 넘겨진다. 문제를 조금 더 객관화할 수 있는 혹은 스토리텔링에 능한 사람에게.

내가 이 도시에 온 것은 데이터를 초기화하기 위해서다. 6년 동안 사귀었다가 헤어진 사람과의 추억이 전혀 없고, 동이 씨의 부석부석한 얼굴이 보이지 않고, 매일 이 삶에서 벗어날 탈출구를 찾으려고 발버둥 치는 내가 없는 곳.

이곳은 많은 게 없다. 극장이 있어야 할 극장 거리에는 극장이 없고, 애인이 없고, 엄마가 없고, 친구들, 나를 아는 사람도 없다. 나는 지난 7개월 동안 어떤 관계도 만들지 않는 데 성공했다. 관계를 위해, 아니 그 무엇을 위해서도 애쓴 적이 없다. 그렇다, 애씀이 없는 곳이다. 여긴 또 뭐가 없지? 고급 레스토랑, 유명 브랜드 카페, 미술관, 백화점, 쇼핑몰, 대형 서점. 사람 많고, 크고, 비싸고 좋은 건 다 없다. 크고 좋은 게 없어서 작고 적당한 걸 마시고 먹는 사람들이 사는 곳.

나한테 딱 맞지?

엄마와 통화를 하다가 내가 그렇게 말하자 엄마가 울어버렸다. 동이 씨는 별로 슬프지 않은 일에 슬프게 운다. 내가 이렇게 사는 게 다 자기 탓이라고 말한다. 영 마음에 없는 소리는 아닐 것이다. 동이 씨는 진실이 아닌, 진실이라고 생각하는 것을 말하는 사람이니까. 동이 씨는 자기가 진짜 크고 좋은 걸 한 번도 못 해줬기 때문에 내가 그런 것을 갖지 못한다고 생각한다. 동이 씨는 정말 기억나지 않는 걸까. 엄마가 선물이나 상으로 받아온 크고 좋은 트로피와 메달, 선물로 들어온 제일 큰 참치캔, 스팸, 왕뚜껑도 다 내 것이었는데.

진짜 크고 좋은 게 뭐야?

내가 묻자, 동이 씨는 아무 말도 하지 않았다. 전화기 너머로 숨소리만 들렸다.

세상이 A4 용지라면 아무래도 동이 씨와 나는 살짝 접힌 귀퉁이, 그 세모 안에서 사는 것 같다. 네모 말고 세모. 네 면이 아니라 세 면에 살아서 한 면을 통째로 볼 수 없는 것 같다. 그래서 우리는 모르는 게 많고, 자꾸 같은 실수를 반복하는 게 아닐까.

동이 씨는 아버지와 연애를 하다가 나를 낳았고 아버지와 결혼하지 않았다. 어릴 때 나는 '실수로 태어난 아이예요'라는 말을 수없이 들었고, 그때마다 내가 살면서 정답을 기록하는 일은 없으리라는 것을 어렴풋이 짐작할 수 있었다. 출발이 '실수'인 사람이 어떻게 정답을 알겠는가. 그래도 동이 씨는 아버지를 탓하진 않았다. 나는 명백히 아버지가 아닌, 엄마가 저지른 실수였으니까. 살면서 엄마의 소원은 엄마의 실수에 '이'씨가 아니라 '백'씨 성을 붙이는 일이었는데, 막상 그런 게 가능해졌을 때는 한숨을 쉬며 말했다.

그런데 뭐 이제 와서……, 다 컸는데.

나는 그럴 때마다 로봇처럼 엄마의 말을 따라 했다.

그래, 뭐 이제 와서. 다 컸는데.

우리의 대화는 늘 거기서 끊겼다.

접힌 귀퉁이에서 사는 사람들은 우아하고 완벽한 곡선처럼 매끄럽게 이어지는 대화를 나눌 수 없다.

나는 극장 거리를 걸으며 뚝 끊긴 대화들에 대해 생각했다. 엄마와 나눴던 대화, 6년 동안 함께 모은 돈을 돌려주지 않는 애인과의 대화, 말이 통하는 척 연기하느라 피곤했던 동료들, 학교를 졸업한 이후로 할 말이 없어진 친구들, 하루에 몇십 통씩 걸려 오는 전화. 어쩌면 대화뿐만이 아니라 내 삶 전체가 끊긴 선으로 이뤄진 건 아닐까. 툭툭 끊긴 조각들이 섬처럼 떠 있는, 연결되지 않는 존재.

이 거리와 닮았네.

나도 모르게 혼잣말이 나왔다. 이곳에 살면서 부쩍 혼잣말이 늘고 있다.

극장이 있던 자리에는 요양병원이 생겼다고 했다. 〈도시 재생 프로젝트; 로컬 청년단〉 블로그에서 읽은 내용이다. 이 도시에 산 지 7개월이 지났지만 이곳에 대해 아는 게 별로 없다. 이 동네도 처음이다. 낯선 여행지에 온 것 같다.

나는 어딘가에 가기 전에 블로그를 검색해본다. 말하자면 글로 먼저 가보는 것이다. 블로그 덕분에 한 번도 가본 적 없지만 꼭 가본 것처럼 잘 아는 곳이 있다. 뮌헨이 그렇다. 블로그에 올라온 여행 후기들을 너무 많이 읽어서 마치 가봤던 것처럼 기억이 조작된 것 같다. 슈바빙, 영국정원, 님펜부르크 궁전. 그곳은 내가 없는 나의 거리다. 혹은 내가 아직 도달하지 않은 나의 거리. 어느 미래에 그곳에 가게 될까? 나는 종종 살아본 적 없는 그 미래를 그리워한다. 여기, 극장 없는 극장 거리에서도 뮌헨을 떠올린다. 공통점이라고는 하나도 없는데……. 아니, 하나 있다. 내가 없다는 것. 이곳을 걷는 나 역시 내가 아닌 것 같다.

블로그 게시물 중 흥미로웠던 것은 「원도심에도 사람이 살아요」라는 제목의 글이었다. 이십 대 청년들이 원도심에 있는 빈 건물을 활용해서 서점이나 글방, 카페 등을 운영한다는 내용이었는데, 글 마지막에 작성자의 이름이 적혀 있었다.

희수.

나와 이름이 같았다. 같은 이름을 만나면 내가 몇 개의 나로 갈라지는 혹은 과거 혹은 미래의 나일지도 모른다는 상상을 한다. 그게 무엇이든 지금의 내가 아니라는 것은 확실하지만.

블로그에서 읽은 것처럼 큰 요양병원이 보였다. 요양병원을 중심으로 중고 핸드폰 가게, 중국 식당, 아시아 슈퍼, 타이 안마방과 네일숍이 있고, 서점과 글방, 카페는 눈에 띄지 않았다. 지나다니는 사람은 거의 없었고 요양병원 앞에는 할아버지와 한 여자가 있었다. 할아버지는 환자복 위에 중절모를 쓰고 주저앉아 있었고, 그 옆에는 요양보호사로 보이는 여자가 무심한 표정으로 서 있었다. 마음 콜센터에서 요양보호사들과 통화한 적이 몇 번 있다. 뭐가 제일 힘드냐고 물으면 그들은 모두 '몸'이라고 대답했다. 축 늘어진 몸이 너무 무겁다고.

6월의 태양이 이미 한여름처럼 뜨거웠다. 하얗고 강렬한 빛이 할아버지의 축 늘어진 얼굴과 요양보호사의 심드렁한 표정을 비췄다. 나는 그 할아버지를 보며 몇십 년 만에 처음으로 아버지라는 사람을 상상해봤다. 나의 생물학적 아버지도 저렇게 늙어갈까. 아주 어릴 때, 재벌인 아버지가 갑자기 나타나 나를 궁전 같은 집으로 데려가는 상상을 한 적이 있긴 하지만, 자라면서 아버지를 그리워하거나 생각해본 적은 별로 없었다. 오히려 서른이 넘은 지금, 아버지를 가끔 생각한다. 상상 속 아버지는 늙고 힘없는 남자로 존재한다. 나와 닮았을까. 그의 얼굴이 그려지지 않는다. 나의 미래의 반이 그려지지 않는 기분이다. 엄마가 내 말을 들으면 화를 내겠지만 나는 그가 엄마와 나만 남겨두고 떠난 이유를 이해한다. 살기 위해서. 접힌 귀퉁이가 아니라 다른 곳에서 살아볼 기회를 잡기 위해서였을 것이다. 따지고 보면 내가 지금 이곳에 있는 이유와 크게 다르지 않다. 어쩌면 나는 엄마보다 아버지를 더 닮았을까? 아버지처럼 나도 엄마를 무책임하게 버리게 될까? 아버지처럼 누군가에게 완전히 지워진 존재가 될까? 확실한 건 나 역시 늙고 힘이 빠져 저런 곳에 가게 되리라는 것이다. 서른셋에 노년을 미리 상상하고 연습한다. 늙고 병들어 완전히 혼자가 된 기분을 연습한다는 뜻이다. 여기서. 저기 저 사람처럼.

할아버지는 초여름의 햇빛이 유리 조각처럼 파고드는 듯 고통으로 일그러진 표정으로 서 있었다. 요양보호사로 보이는 여자가 할아버지의 팔을 거칠게 잡아채 병원 건물 쪽으로 끌어당겼다. 잠시 두 사람 사이에 팽팽한 긴장감이 돌았고, 약간의 실랑이를 벌였지만 이내 한쪽이 체념하는 듯했다. 할아버지는 축 늘어진 몸을 그 요양보호사에게 기댔고, 요양보호사는 그를 무거운 짐처럼 끌고 안으로 들어갔다. 이제 태양 아래 남겨진 것은 나뿐이다. 한낮에 이렇게 사람이 없는 거리라니……. 나는 주위를 둘러보며 우아하고 완벽한 곡선을 찾았다. 요양병원 옆 중국 식당, 중국 식당 옆 빈 가게, 그 사이로 골목이 보였다. 골목 쪽으로 몸을 돌리자 '장미여관'이라는 간판이 보였다.

저기다.

우아하고 완벽한 곡선은 70년대에 지은 장미여관을 개조한 건물 3층에 있었다. 1층에는 카페 시월, 2층은 로컬 편집숍(이라고 하지만 물건이 많지 않다), 3층이 글방, 우아하고 완벽한 곡선이다. 이제 더는 숙박업소가 아닌데도 장미여관이라는 간판을 없애지 않은 게 특이했다. 어떤 흔적도 지우지 않은 채로 새 간판을 붙인 것도.

1층 카페에 들러 커피를 주문했다. 로컬 청년단이라고 하기에는 나이가 많아 보이는 남자가 혼자 있었다. 블로그에서 그에 대한 글도 읽었다. 「원도심에 뿌리내린 나무」라는 제목의 글이었는데, 그와 그의 카페를 소개하는 내용이었다. 거기서 본 그의 뒷모습을 기억한다. 정확히는 티셔츠에 한글로 적힌 '시월의 나무'라는 말이 인상적이었다. 70, 80년대 노래 제목 같다고 생각했다. 카페 역시 적당한 낭만과 허름함이 70, 80년대를 연상시켰다. 앤티크라고 우기면 우길 수 있는 구닥다리 테이블과 소파, 조명, 만 개의 사물들이 공간을 채웠다. 감시하는 눈처럼 벽에 걸린 그림 속 인물들(유명한 배우, 예술가들의 초상화였다), 올림포스, 아그파, 펜탁스 빈티지 카메라, LP, 시대별로 유행했던 유럽식 찻잔과 접시, 헌책방을 연상시킬 만큼 많은 시집과 소설책, 영화 잡지, 영화 포스터 등. 마치 세월의 강에 떠밀려 내려온 사물들이 그곳에 쌓여 있는 것처럼 보였다. 나는 거기서 표지에 커피 얼룩이 묻은 책 한 권을 건져 올렸다.

바닥에 떨어져 있었어요.

내가 책을 주워서 건네자 남자는 내 얼굴을 가만히 바라봤다.

감사합니다.

남자는 책을 한 손으로 받고, 다른 한 손으로는 주전자를 들고 드리퍼에 물을 천천히 부으며 물었다.

글방에 오셨어요?

네. 어떻게 아셨어요?

2층에 가는 사람은 정해져 있고, 그냥 그럴 것 같았어요.

나는 남자의 말을 어떻게 해석해야 할지 몰랐다.

전혜린 좋아해요?

남자가 물었다.

누구요?

내가 되묻자 남자는 책을 가리켰다. 얼룩에 묻은 이름이 눈에 들어왔다.

오래된 책이네요.

나는 그렇게 말하고 가만히 서서 커피 내리는 것을 지켜봤다. 뜨거운 물이 커피 알갱이를 통과해 드리퍼를 빠져나가는 소리가 들렸다.

궁금하시면 빌려드릴게요.

남자가 말했다. 그는 내가 책을 보고 있다고 생각한 걸까?

괜찮아요.

여기가 글방에 오는 친구들의 도서관이나 다름없어요.

남자가 내게 책을 건네며 웃었다. 모든 관계는 오해로 시작된다.

다 읽으시면 글방 오시는 길에 돌려주세요.

나는 얼떨결에 커피와 책을 받았다. 양손이 무거웠다. 카페를 나와 3층까지 계단을 오른 후에 복도를 지났다. 301호에는 청소 도구가 302호에는 박스들이 쌓여 있었고, 303호 문 앞에는 작은 칠판이 걸려 있었는데, 곡선을 그리며 휘어진 낚싯줄과 그 끝에 걸린 물고기를 그린 그림, 그리고 '쓸수록 선명해지는 세계'라는 문구가 적혀 있었다. 우아하고 완벽한 곡선, 그러니까 그것은 낚싯줄이 그리는 포물선이었다. 모든 관계는 오해로 시작하는 게 확실하다.

문을 두드렸다. 안에서 사람이 걸어오는 소리가 들렸고, 이윽고 문이 열렸다. 거기, 니나가 있었다.

니나. 그녀가 자신을 그렇게 소개했는지 다른 사람이 그 이름을 부르는 것을 들었는지 잘 기억나지 않는다. 다만 '니나'라는 이름이 내 머릿속 한구석에 강렬하게 박힌 것은 확실하다. 고개를 움직일 때마다 들꽃처럼 움직이는 머리카락과 날씨와 어울리지 않게 목에 두른 스카프, 검은색 긴팔 블라우스, 매섭게 번뜩이는 눈, 낮은 목소리. 니나를 마주한 순간, 강렬했던 그 느낌은 '매료' 외에는 다른 말로 설명이 되지 않았다. 사람이 무언가에 매료되는 이유는 자기 내면의 결핍이나 갈망, 혹은 무의식적인 욕망과 맞닿기 때문이라고 한다. 언젠가 자신을 철학자라고 소개했던 상담 요청자에게 들었던 말이다.

나의 결핍과 갈망, 무의식적 욕망. 그렇다면 그건 내가 모르는 나가 아니었던가.

전화하신 분이죠?

니나는 나를 보자마자 물었다. 나는 그녀의 분위기에 압도당해 간신히 고개만 끄덕였다. 우리 사이에 짧은 침묵이 내려앉았다. 니나는 안절부절못하는 내 손을 보는 것 같았다.

어떻게 아셨어요?

나는 용기를 내어 말을 걸었다.

뭘요?

니나가 물었다.

제가 전화한 거요.

첫 번째보다 더 큰 용기가 필요한 말이었다.

전화한 사람이 그쪽뿐이었으니까요.

농담일까. 농담할 때, 농담하는 사람도 듣는 사람도 웃지 않는다면 그건 농담일까.

농담이에요.

니나가 무표정한 얼굴로 말했다.

나는 농담을 좋아해요.

니나가 웃었다.

니나는 농담할 때는 웃지 않았지만 좋아하는 것을 말할 때는 활짝 웃었다.

니나는 나를 방 안으로 안내했다. 커다란 테이블이 있었고, 여자 다섯 명, 남자 한 명이 테이블을 둘러싸고 앉아 있었다. 모두 이십 대로 보였다. 그들은 호기심 가득한 눈으로 나를 봤다. 니나는 내가 들고 있던 커피와 책을 슬쩍 살피는 듯했다.

나는 빈 의자에 앉았다. 도로 나갈까 몇 번이나 망설였지만 어색함에 몸이 말을 듣지 않았다. 나는 벌서는 사람처럼 뻣뻣한 자세로 주위를 살폈다. 그곳에 모인 사람들은 이미 서로를 잘 아는 듯했다.

뭐라고 부르면 좋을까요?

니나가 이름을 물었다. 정확히는 호칭을 물은 것이다. 니나는 '우아하고 완벽한 곡선'에서는 각자 불리고 싶은 호칭으로 불린다고 했다.

이희수요.

내 대답에 니나가 빙긋 웃었다.

이름이 똑같은 사람이 있네요. 희수들은 자기 이름을 좋아하나 봐.

저도 희수예요. 빛날 희, 빼어날 수, 전희수.

한 여자애가 손을 번쩍 들고 말했다.

전희수. 블로그에 글을 썼던 그 희수가 맞았다. 나와 이름이 같은, 나와 다른 희수. 전희수는 자신감이 넘쳐 보였다. 좋아하는 게 자기 이름만은 아닌 듯했다. 한눈에 봐도 좋아하는 게 많은 사람, 그런 사람들에게서 느껴지는 에너지가 있다.

전희수를 제외한 나머지는 모두 가명을 썼다. 대부분 영화, 드라마, 소설 속 주인공 이름이었다. 그들은 이 도시에서 로컬 청년단으로 활동하며 지역 활성화 프로젝트 사업을 한다고 했다. 모두 여기서 태어나고 자랐다.

떠나고 싶었지만 떠나지 못했거나, 애초에 떠날 마음이 없었던 이들이다. 자기가 사는 곳을 바꾸고 싶다는 마음은 어디서 나오는 것일까? 나로서는 상상할 수 없는 일이다.

로컬 청년단은 시의 지원을 받아 장미여관을 청년 센터로 꾸렸다. 원도심에서도 가장 구석진 곳에 있는 이 건물을 선택한 데는 어떤 의도가 있었는지 모르겠지만, 접힌 귀퉁이에서 시작되는 이야기가 있다는 게 흥미롭지만 염려스럽기도 했다. 그래서 이런 시도로 무엇이 바뀌었을까? 궁금한 것은 그것 하나였지만 묻지 못했다. 무례한 질문이 될까 봐. 대신 별로 궁금하지 않은 것을 물었다.

1층 카페도 로컬 청년단이 운영하는 건가요?

아니요. 하지만 1층, 시월 사장님은 우리의 멘토나 다름없어요. 원도심에서 제일 오래 일하신 분이거든요. 저 카페가 20년이 넘었어요. 대형 카페들도 문을 닫고 나갔는데 대단한 거죠. 시월 사장님이 도와주신 덕분에 글방도 생겼고요.

전희수가 대답했다.

전희수 말고 다른 희수 씨 이야기도 들어볼까요?

니나의 말에 사람들이 나를 바라봤다. 모두 내 이야기를 기다리는 것 같았다.

저는 이희수라고 합니다. 마음 콜센터에서 일해요. 상담원이고요. 상담원은 상담 요청자들의 고민을 글로 기록해요. 그래서 글쓰기를 배우고 싶다고 생각했는데…….
 니나는 내 말이 끝나기도 전에 물었다.
 보고서를 쓰는 건가요?
 일종의 보고서라면 보고서인데, 저희는 상담 내용을 토대로 스토리텔링을 해요. 전화하신 분들이 늘 논리에 맞게 말하시는 게 아니고, 전후 상황이나 맥락을 다 파악할 수는 없으니까요. 들은 정보를 가지고 유추를 하죠. 한마디로 이야기를 만드는 거예요. 다양한 사례들을 살피기 위해서죠.
 알 것도 같고 모를 것도 같네요. 그 다양한 사례라는 게 어디에 쓰이는 건지도 모르겠고.
 니나가 호기심 가득한 얼굴로 말했다.
 사실은 저도 잘 몰라요. 그냥 방 안에 들어가서 전화를 받고, 들은 이야기를 글로 쓰는 일이에요.
 니나는 내 말에 가만히 고개를 끄덕였다.
 어쨌든 환영해요. 나는 번역을 해요. 이 모임을 이끄는 사람이기도 하고요. 니나는 지금 내가 쓰는 소설의 주인공 이름이에요. 정확히 말하자면 내가 좋아하는 소설 속 주인공 이름인데, 지금 그 소설을 다시 쓰는 작업을 하고 있거든요.
 번역이 아니라 창작을 하시는 거예요?
 번역은 밥벌이고요, 소설 쓰기는 일종의 숙제라고 해두죠.
 숙제요?
 네. 자의는 아니지만 그렇다고 완전히 타의도 아닌.

안 해도 그만이지만 하지 않고 버틸 수는 없는. 글쓰기란 게 그런 것 같아요.

니나의 말은 여전히 알쏭달쏭했다.

직업은 번역가이신 거죠?

나는 상담 요청자에게 말하듯 물었다.

네.

니나가 웃었다.

어떤 언어를 번역하세요?

독일어요.

독일어도 배울 수 있나요?

아니요. 이곳은 글을 쓰는 곳이라서요.

정확히 무슨 글을 쓰나요?

릴레이 소설이요.

내가 니나를 가만히 바라보자 전희수가 끼어들었다.

이어달리기처럼 다른 사람의 소설을 이어 쓰는 거예요.

릴레이 소설. 태어나 처음 들어본 말이다. 희수는 릴레이 소설이란 원래 여러 사람이 하나의 주제나 스토리에 맞게 돌아가며 글을 쓰는 것인데, 우아하고 완벽한 곡선에서는 둘씩 짝을 지어 쓴다고 말했다. 희수의 설명은 명확했다. 한 사람이 소설의 반을 쓰면 다른 한 사람이 그 뒤를 이어서 쓰는 것. 이어 쓰기. 그런 게 가능한 것일까? 이야기가 얼마나 내밀한 것인지 잘 아는 나로서는 상상할 수 없었다. 내 머릿속에 있는 것의 반을 꺼내놓았다고 치자. 나머지 반을 누군가가 채운다니⋯⋯ 그게 가능할까? 나는 희수의 말에 의문을 품었다. 내 표정을 살피던 니나는 너무 어렵게 생각할 것 없다며 나를 안심시키려 했다.

그냥 두 사람의 '나'를 만든다고 생각해봐요.

니나가 말했다.

'우리'가 아니라요?

'우리'가 아니라 두 사람의 '나'인 거죠.

그건 '우리'와 뭐가 다른가요?

우리 안에는 '나'가 없잖아요. 우리는 '나'를 지워요. 두 사람의 '나'는 '나'로서 존재해요.

잘 모르겠어요.

써보면 알 수 있지 않을까요?

니나는 벽에 붙어 있던 문구를 가리켰다.

쓸수록 선명해지는 세계.

그럴까? 쓰고 나면 선명하게 알게 될까? 여기가 그 세계로 들어가는 문일까?

내 소개가 끝난 후 사람들이 글을 발표했다. 어떤 글은 전반부와 후반부가 완전히 다른 이야기였고, 어떤 글은 부조화 속에서도 묘하게 설득력이 있었으며, 또 어떤 글은 새로운 세계로 무한하게 확장하는 듯했지만 모두가 갈 수 있는 세계는 아닌 듯했다. 아무 준비도 되어 있지 않았던 나는 가만히 앉아서 그들의 이야기를 들었다. 발표가 끝난 후 니나가 나를 불렀다. 니나는 내게 손에 들고 있는 책을 펼쳐보라고 했다. 처음에는 니나가 무슨 말을 하는지 이해할 수 없었는데, 그러다가 카페에서 받아 온 책을 손에 쥐고 있다는 사실이 퍼뜩 떠올랐다. 나는 책을 펼쳤다. 눈에 들어온 것은 시 한 구절이었다. 하지만 망설였다. 시를 소리 내어 읽어본 적이 없었으니까. 니나는 내게 읽어달라고 재촉했고, 결국 나는 떨리는 목소리로 그 구절을 읽었다.

모든 일에서 극단에까지 가고 싶다. 일에서나 길에서나 마음의 혼란에서나.*

전혜린이 옮긴 파스테르나크의 시네요.
니나가 미소를 지으며 말했다.
이 책을 아세요?
내 물음에 니나가 고개를 끄덕였다.
니나의 시선 때문이었을까. 나도 모르게 책을 덮었다.
그 순간 니나의 얼굴에 어떤 쓸쓸한 그늘이 드리웠는데, 나는 그 표정이 책날개에 있는 얼굴과 닮았다고 생각했다.
거기서부터 이어 써주세요.
니나가 말했다.
네?
나는 니나의 말을 이해할 수 없어서 되물었다.

---

* 전혜린, 『목마른 계절』, 범우사.

지금 읽어주신 그 문장에서 시작되는 뭔가를 써달라는 거예요.

하지만 이건 시인데요.

그래서요?

제가 쓸 수 있는 것 중에 시와 어울리는 것은 없어요.

왜죠?

일단 저는 시를 모르고, 제 삶에는 시처럼 아름다운 게 없으니까요.

그렇다면 더 재미있을 것 같아요. 도저히 만날 수 없을 것 같은 두 세계가 만난다면.

니나가 활짝 웃었다.

글방에 모인 사람들은 저마다 다음에 써야 할 글을 의논하느라 바빴다. 대단히 엄숙하고 중요한 일을 하는 것 같았다. 대가가 있는 것도 아닐 텐데. 쓴다는 건 뭘까. 어째서 저렇게 열심인 걸까 궁금해졌다. 자기 이름을 좋아하는 마음도, 자기가 사는 곳을 책임지려는 다짐도, 글을 쓰고 싶은 욕망도. 그러다가 그런 것들을 궁금해하는 내가 낯설어졌다. 뜻을 모르겠는 시처럼.

모임이 끝나고 글방을 나서려는데 니나가 메일 주소를 적어줬다. 다른 사람들은 이미 파트너가 있어서 나와 니나가 짝이 될 거라고 했다. 하지만 나는 니나와 함께 쓰는 소설을 상상할 수 없었다. 한눈에 봤을 때도 니나는 내게 시보다 더 먼 세계에 있는 것 같았으니까. 니나는 나의 망설임을 눈치챘는지 내 어깨에 살며시 손을 올리고 말했다.

글이란 게 참 웃기죠? 따지고 보면 아무것도 아닌데 또 아무것도 아닌 건 아닌 것 같고. 이상하게 힘이 들어가고 그래요. 그냥 텅 빈 곳을 글자로 채우듯이 써봐요. 텅 비어 있으면 쓸쓸하니까.

텅 비어 있으면 쓸쓸하니까. 돌아오는 길에 그 말을 곱씹으며 손에 쥐고 온 책을 훑었다. 글자로 빼곡하게 채워진 종이들. 그렇다면 이것은 쓸쓸함을 채우려는 시도였을까. 그래서 채워졌을까?

책날개에 박제된 앳된 얼굴에게 묻는다.

그는 아무 말도 하지 않았지만.

*

극단은 어디일까? 한밤중에 일어나 물을 마시며 극단을 생각했다. 그러다 내가 극단을 장소로만 생각한다는 사실을 깨달았다. 극단적 성격, 극단의 상황, 그 모든 '극단'을 까맣게 잊은 채. 하지만 그런 극단은 내 것, 나의 이야기가 아니었다. 나의 극단은 지도 위에 표시할 수 있는 곳이 분명했다. 남극과 북극처럼 먼 곳, 무언가가 끝나는 곳. 나는 그곳을 찾아 기억을 헤맸고, 그러다가 애인의 아파트에 이르렀다. 애인을 애인이라 부르는 이유는 그의 이름을 말하고 싶지 않기 때문이다. 끝났으니까. 이제 내게 그 이름은 존재하지 않는다. 지도에서 지워진 곳, 갈 수 없는 곳이다.

이름이 없는 애인이 살던 임대 아파트에 가려면 지하

철을 두 번, 버스를 한 번 갈아타야 했다. 애인을 만나러 갈 때는 그럭저럭 갈 만했는데, 돌아오는 길은 얼마나 멀던지……. 어느 순간부터 휴일을 지하철과 버스에서 보내야 하는 게 짜증이 났고, 짜증은 고스란히 애인에게 전해졌다. 네가 좀 와, 너는 엄마랑 같이 살잖아. 밖에서 보면 되잖아. 사람 많은데 뭐 하러 돌아다녀. 이렇게 매번 집에만 있을 거야? 피곤해. 나는 안 피곤해? 그런 대화들이 오갔다. 하지만 관계가 살얼음판을 걷는 것 같을 때에도 우리는 헤어지지 않았다. 집이 멀다고 헤어질 수는 없었으니까. 또 우리에게는 지치는 일상이 아닌 꿈같은 계획이 있었으니까.

애인과 만난 지 1년이 되던 날, 애인은 내게 여행용 통장을 만들자고 제안했다. 우리는 뮌헨에 가고 싶어 했고, 그래서 그의 제안이 반가웠다. 둘이 함께 만드는 구체적인 미래 같았으니까. 우리는 생일이나 밸런타인데이, 기념일마다 여행용 통장에 돈을 넣었다. '뮌헨에 가서 맥주 마실 돈' '뮌헨에 가서 커피 마실 돈' '뮌헨에서 제일 예쁜 호텔 1박 숙박권', 통장에 예쁘게 찍힌 글자들을 보는 게 좋았다. 행복을 모은다는 게 이런 것일까? 언젠가 애인에게 그런 말을 했었는데, 그때 애인은 '행복' 같은 말은 쓰지 않는 게 좋다고 했다. '행복'이란 말을 꺼내는 순간, 모든 시기와 질투가 몰려와 그것을 깨트릴지도 모른다고. 그러고 보면 그의 말이 맞는 것 같다. 내가 그 말을 너무 빨리 입 밖으로 꺼내버린 탓에 우리가 이렇게 된 것 같다.

우리는 오직 뮌헨에 가는 날만 기다렸다. 여행 계획을 세우거나 돈을 아끼는 것 외에는 아무것도 하지 않았다. 늘 집에서 만났고, 밖에 나가는 일은 거의 없었다. 데이트 비용을 아낀다는 말은 핑계고 사실은 귀찮았던 것도 같다. 일상에 지쳐서 뮌헨에 가는 것 말고 다른 꿈을 꿀 수 없었던 게 아니었을까. 게다가 휴가를 신청하고 막상 떠날라치면, 생각지도 못한 일들이 생겼다. 사정이었을까, 핑계였을까. 이제 와 생각하면 잘 모르겠지만. 어쨌든 몇 번씩 발목을 붙잡힌 덕분에 여행 통장에 돈이 차곡차곡 쌓였다. 두 사람이 뮌헨을 세 번쯤 왕복할 수 있을 만큼의 금액이었지만, 그때 우리에게 그곳은 점점 이룰 의지나 마음이 없는 꿈이 되고 말았다.

헤어질 때쯤에 애인이 말했다.

나는 사실 뮌헨에 별로 가고 싶지 않았어.

그런데 왜 가고 싶다고 했어?

몰라. 가고 싶은 줄 알았는데 아니었던 것 같아.

그는 무심한 얼굴로 나를 보며 말했다.

그날 내가 애인에게 화를 내지 않았던 이유는 나 역시 마찬가지였기 때문이다. 가만히 둬도 자라는 마음이 있고, 가만히 둬서 죽어버리는 마음이 있다. 그런데 마음은 비명을 지르며 죽었던가. 그 시절을 생각하면 귀에 물이 들어간 것처럼 모든 소리가 멀게 느껴진다. 우리가 나눴던 모든 말이 극과 극에서 서로에게 닿지 못하고 사라져버린 것 같다.

나는 물 한 잔을 다 마시고 식탁에 앉아 노트북을 켰

다. 하얀 화면에 질문을 적었다.

　첫 번째 질문.

극단은 어디일까?
극단은 먼 곳, 더는 나아갈 수 없는 곳이다.

　두 번째 질문.

먼 곳, 더는 나아갈 수 없는 곳은 어디일까?

애인의 집 - 너무 멀어서.
뮌헨 - 역시 너무 멀고, 갈 수 없어서(그런데 가면 되지 않나? 사실은 가고 싶지 않은 걸까?).
해남, 땅끝마을 - 진짜 멀었다.

　애인과 처음이자 마지막으로 떠난 여행은 뮌헨이 아닌 해남, 땅끝마을이었다. 뮌헨 여행을 다음으로 미루고 결정한 여행지였다. 그때쯤 애인도 나도 위기감을 느꼈던 것 같다. 뭐라도 해야 한다고 생각했을 테지.
　우리는 금요일 저녁에 애인의 누나 차를 빌려 해남으로 출발했다. 여행지로 해남을 선택한 것에 특별한 이유는 없었다. 그저 대한민국 땅을 벗어나지 않고 우리가 아는 가장 먼 곳에 가보고 싶었을 뿐이다. 어쩌면 우리는 우리를 시험해보고 싶었는지도 모르겠다. 함께 멀리

갈 수 있을까? 6년을 만났지만, 우리에게는 그런 확신이 없었던 것 같다.

시작부터 쉽지 않았다. 퇴근하자마자 애인이 사는 곳까지 지하철을 두 번, 버스를 한 번 갈아타고 갔다. 지금 생각하면 그때 애인이 왜 나를 데리러 오지 않았는지 궁금하다. 또 나는 왜 데리러 오라고 말하지 않았는지도. 아마도 답은 하나일 것이다. 늘 그렇게 해왔으니까. 우리 사이에 남은 것은 질긴 관성뿐이었다.

나는 늦은 시각에 애인의 집에 도착했고, 그의 얼굴에는 이미 피로와 짜증이 섞여 있었다. 나는 일단 자고 새벽에 출발하자고 말했고, 애인은 새벽에 못 일어날지도 모른다고 당장 출발하자고 했다.

밤 운전에 자신 있어?

누가 자신 있어서 해. 그냥 하는 거지.

애인은 귀찮다는 듯이 대답했다.

우리는 저녁 대신 내가 사 온 샌드위치를 먹고 보온병에 뜨거운 물을 담고, 컵라면 두 개, 귤 몇 개를 가방에 넣고 해남으로 출발했다. 차를 타고 가는 길에 애인이 피곤한 기색을 보일 때마다 마음이 편치 않았다. 나는 그가 졸까 봐 말을 걸거나 귤을 까서 입에 넣어줬고, 지루할까 봐 신나는 음악을 틀기도 했다. 애인은 내가 하는 말을 가만히 듣기만 했고 내가 주는 귤을 잘 받아먹었으며, 음악에는 신경 쓰지 않았다.

첫 번째 휴게소에서 컵라면을 먹었다. 그걸 먹을 때 애인이 말했다.

누가 이런 걸 가져와. 여기서 사 먹으면 되잖아.

그래도 여행이니까.

너는 여행 갈 때 컵라면을 가지고 다니니?

가본 적이 있어야지. 너 만나면서 여행 한번 못 갔잖아.

나도 그런 대답을 할 줄 몰랐다.

내 말은 너 때문에 여행을 못 갔다는 게 아니라…….

변명을 하려고 하자 애인은 나를 바라보며 아무렇지 않게 말했다.

잘못을 따지자면 둘 다한테 있겠지. 그런데 그게 또 꼭 우리 잘못은 아니잖아. 살다 보니 이렇게 된 거니까.

그다음에는 서로 컵라면 용기에 얼굴을 박고 라면을 후루룩 먹었고, 별말 없이 다시 차에 올라탔다. 그가 운전을 했고, 나는 어느새 잠이 들었다. 얼마나 달렸는지 모르겠지만 잠에서 깼을 때는 고속도로가 아니라 운전자 쉼터였다.

여기가 어디야?

내가 묻자 그가 빨갛게 충혈된 눈을 비비며 말했다.

조금 쉬려고.

얼마나 남았어?

아직 두 시간 더.

그가 한숨을 쉬며 답했다.

사방이 어두웠다. 그는 다시 시동을 걸지도, 차에서 내리지도 않은 채로 운전대를 붙잡고 있었다.

희수야.

애인이 내 이름을 불렀다.

너무 멀다.

애인이 말했다.

네가 운전할 수 있겠어?

애인이 물었다.

나 장롱면허야.

내 말에 애인이 미간을 찡그리며 말했다.

그래? 난 더 못 갈 것 같아.

그래.

나는 고개를 끄덕였다.

우리는 한동안 말없이 차 안에 있었다. 서로의 얼굴을 마주 보지 못하고, 짙은 어둠만을 뚫어지게 바라봤다.

여기 어디야?

내가 침묵을 깨고 묻자 애인은 그저 고개를 저었다. 모르겠다는 뜻이었을까.

돌아갈까?

내 말에 애인은 기다렸다는 듯이 말했다.

그래.

나는 애인이 차에 시동을 걸고 핸들을 돌리는 것을 가만히 바라봤다.

너무 멀다.

그가 다시 말했다.

돌아가면 되잖아. 그만 멀다고 해. 멀다는 말 지긋해 죽겠어.

애인이 무표정한 얼굴로 나를 봤다. 그러다 다시 액셀을 밟으며 말했다.

앞으로도 먼 곳에 같이 못 갈 것 같아. 그럴 것 같아.

돌아오는 길에 우리는 한마디도 나누지 않았다. 음악도 듣지 않았다. 포개지지 않는 서로의 숨소리만 크게 들렸다.

나는 컴퓨터 화면에 썼던 질문들을 모두 지웠다. 그리고 글을 쓰기 시작했다.

극단에까지 가보고 싶다. 제일 먼 곳까지, 더는 갈 수 없는 곳까지, 그곳 너머에는 뭐가 있는지 알고 싶다. 내가 아는 가장 먼 곳은 어디였던가. 애인이 살던 아파트? 뮌헨? 아니, 해남 가는 길? 그와 내가 함께 갔던 가장 먼 곳은 서천이다. 파주에서 서해안고속도로를 따라 달리면 약 세 시간 거리.

나는 그와 함께 해남에 가려 했던 기억을 더듬어 글을 썼다. 그날 우리가 나눴던 말, 먹었던 것, 둘 사이를 감싸던 이상한 공기. 그 모든 것이 하얀 화면 위에 발자국처럼 글자로 찍히는 것 같았다. 나는 그 자국을 따라 어느 과거로 돌아가고 있었다. 그건 과거를 옮겨오는 것이 아니라 나를 과거로 옮기는 일이었다. 나는 글 속에서 지하철을 타고 버스를 타고 그의 아파트로 갔다. 가는 길에 엄마한테 전화해 여행을 간다고 말했다. 그의 집에 도착해서 그의 얼굴을 보고, 가지 말자고 말하고 싶었지만 목소리가 나오지 않았다. 나는 그 시간을 다시 쓸 수는 있지만 바꿀 수는 없었다. 우리는 피로한 얼굴로 주차장에 내려와 차에 짐을 실었다. 가방에 컵라면이 있다는 게 마음에 걸렸다. 차에 올라탄 그가 짧게 한숨을 쉬었다. 그가 내뱉은 숨이 차 안의 공기를 무겁게 만들었다. 고작 십 초짜리 한숨의 무게가 내 가슴을 짓눌렀다. 휴게소에서 우리의 잘못이 아니라고 말하던 그를 화면에 적다가 문득 그런 생각이 들었다. 한 사람의 잘못이었으면 어땠을까. 둘 중 누군가가 너무도 분명한 잘못을 저지른 것이었다면. 한쪽은 빌고, 다른 한쪽은 용서하고 그렇게 다시 멀리까지 가볼 수 있지 않았을까. 우리 잘못이 아닌 일들은 바꿔 말하면 우리가 해결할 수 없는 일이라는 뜻일 것이다. 서로를 탓하며 싸웠다면 조금 달랐을지도 모르겠다. 이제 와서 그런 생각이 들었다. 나는 라면을 다 먹고 다시 출발하는 장면에서 글을 멈췄다. 이건 릴레이 소설이니까. 나의 결말을 쓰지 않는 게 규칙이니까.

글을 다 썼을 때, 새벽의 푸른빛이 방 안으로 슬며시 들어왔다. 문득 내가 있는 이곳이 어디인지 궁금해졌다. 지난 7개월 동안 한 번도 생각하지 않았던 것이다. 창문 너머로 희미한 빛에 드러나는 풍경을 바라보며 이 도시가 아직은 내게 낯선 곳이라는 사실을 깨달았다.

나는 여기서 뭘 하고 있는 걸까?

컴퓨터 화면을 멍하니 바라보고 있는데 동이 씨에게서 문자가 왔다.

물고기가 또 죽었어. 나는 아무 짓도 안 했는데.

동이 씨는 내가 떠난 후에 물고기 다섯 마리를 키웠다. 벌써 두 마리가 죽었다. 나는 답장을 보냈다.

아무 짓도 안 하니까 죽는 거야. 어항 청소라도 해.

동이 씨는 나를 어떻게 키웠을까. 나는 가끔 내가 이렇게 살아 있다는 사실이 비현실적으로 느껴진다. 가만히 뒀는데 죽지 않고 혼자 자라는 마음처럼 당혹스럽다. 나는 종종 나 자신이 당혹스럽고, 그런 내 기분에 당황한다.

휴대폰이 울렸다.

여보세요.

희수야. 다른 여자들은 죽어가는 것들도 잘 살리던데, 왜 엄마가 손대면 다 죽는 걸까?

동이 씨가 다짜고짜 내게 물었다. 동이 씨가 실수로 살린 유일한 생명인 나에게.

출근길 내내 동이 씨가 전화를 끊지 않았다. 독립하면 엄마에게서 벗어날 수 있을 줄 알았는데, 엄마의 집착이 전화로 이어진다. 동이 씨는 말이 많다. 평생 말로 먹고산 사람이니 오죽할까.

동이 씨는 화장품 가게를 했다. 열 평 남짓한 작은 가게였다. 화장품 가게를 하기 전에는 방문판매를 했다. 백동이 씨는 한때 화장품 방판의 여왕이었고, 우리 집 화장대 위에는 동이 씨가 미스코리아처럼 왕관을 쓰고 가슴에 '판매왕'이라고 적힌 띠를 두르고 찍은 사진이 있었다(화장대가 없어진 지금은 신발장 위에 있다). 동이 씨는 자신이 파는 화장품이 '먹어도 될 만큼' 좋은 성분으로 만들어졌다는 걸 증명하기 위해 고객 앞에서 화장품을 먹고는 했다. 동이 씨는 그 많은 화장품을 먹고도 한 번도 배가 아픈 적이 없었다고 했다. 동이 씨의 말은 언제나 거짓인지 진실인지 가늠할 수 없다. 동이 씨는 거짓말을 하진 않지만, 거짓을 진실로 믿어버리니까. 동이 씨에게는 진실이지만 타인에게는 거짓일 수 있는 말. 동이 씨가 가장 잘하는 말은 그런 것이다.

동이 씨가 방문판매를 하던 시절에는 집에 늘 물건이 쌓여 있었다. 정확히 말해서 할머니의 집이었지만. 백금이 씨와 백은이 씨가 시집을 가고, 할아버지가 돌아가시고, 할머니와 동이 씨 둘이 사는 그 집에 내가 나타났다. 할머니에게는 불청객, 엄마에게는 실수였던 존재가 나였지만 그래도 동이 씨는 내게 금의 인생을 주기 위해 최선을 다했다. 동이 씨의 최선은 돈을 열심히 버는 것이었다. 하지만 그렇다고 금이 될 수 있는 건 아니었다. 조금 더 나은 동이 될 뿐. 동이 씨는 그걸 정말 몰랐을까? 식구들은 동이 씨의 노력을 의심했다. 특히 할머니는 동이 씨가 물건을 팔수록 집 안에 더 많은 물건이 쌓이는 것을 이해하지 못했다. 하지만 나는 그게 싫지 않았다. 화장품, 다이어트 보조제, 피부 영양제, 그게 뭐든 동이 씨가 파는 것은 다 먹을 수 있는 것이었으니까. 어릴 때는 동이 씨를 따라서 비누를 먹었다. 오이 비누를 먹으면 오이 맛이 날까? 아니다, 오이 맛은 아니다. 그때는 그 맛이 뭔지 잘 몰랐는데 이제는 안다. 그건 고수 맛이다. 오이 비누에서는 고수 맛이 난다. 하지만 오이 비누를 고수 비누라 부르진 않는다. 그저 오이 비누를 오이 비누라고 부를 때마다 약간의 찜찜함이 생겼을 뿐이다. 세계를 선명하게 알고 나면 그런 찜찜함을 얻게 되는 건 아닐까. 오해와 오류를 알고 나서도 바뀌는 게 없다면 차라리 모르는 게 낫지 않을까. 나는 무언가를 알게 될 때마다 덜컥 겁이 났다. 어쩌면 진실은 비누를 먹는 일보다 훨씬 더 해로운 일일지도 모른다.

한번은 비누를 먹고 배탈이 난 적이 있었다. 동이 씨는 그게 비누 때문이라는 사실을 절대 인정하지 않았다. 동이 씨에게 그건 진실과 상관없는 믿음의 영역이었다. 동이 씨는 계속 먹어도 되는 화장품을 팔았다. 동이 씨의 가방에는 언제나 나이프와 스푼이 들어 있었다.

내가 화장품을 먹는 동이 씨를 다르게 보기 시작한 것은 우연히 친구에게 빌려 읽었던 소설책 때문이었다. 그 소설에는 방문판매 하는 여자가 등장했고, 소설의 제목은 기억나지 않지만 지금도 생생한 구절이 있다. 화장품 방문판매를 하는 아줌마가 집에 들어왔는데 그 아줌마의 발에서 나는 냄새가 견딜 수 없었다는 내용이었다. 나는 그 구절을 읽고 세탁기를 뒤져 동이 씨가 벗어놓은 스타킹의 냄새를 확인했다. 희미하게 어떤 냄새가 느껴지긴 했는데 그게 나일론 냄새인지 무엇인지 알 수 없었다. 냄새를 맡으면 맡을수록 아무 냄새도 나지 않는 것 같았고, 그래서 불안해지기 시작했다. 냄새에 익숙해지면 냄새를 알아챌 수 없으니까. 학창 시절 내내 그런 불안감을 안고 살았다. 동이 씨에게서 내가 맡을 수 없는 냄새가 날까 봐. 그래서 동이 씨를 빨리 떠나고 싶었다. 아니, 어쩌면 그래서 동이 씨를 오래 떠나지 못했는지도 모르겠다.

엄마, 나 출근 중이야. 이제 끊어.

동이 씨는 내 말에 아랑곳하지 않았다. 동이 씨에게 필요한 것은 내가 아니라 말을 쏟아낼 대화 상대일 테니까. 말로 먹고산 사람의 최후는 말할 사람이 없어지는 것이다. 말 많은 엄마와 살았던 나는 이제 듣는 일을 직업으로 삼고 있다. 나의 최후는 뭘까? 내가 받게 될 형벌은 침묵일까? 그런 날이 오면 좋겠다. 말이 텅 빈 감옥에 갇히는 날, 그날의 나는 해방을 외치며 웃을 텐데. 아니, 모든 말을 흘려버린 것을 후회하며 울게 될까.

회사에 도착할 때까지 동이 씨는 물고기와 식물, 동이 씨가 죽인 모든 것에 대해 말했다. 나는 전화를 끊기 위해 결국 동이 씨가 원하는 말을 했다.

그래도 엄마는 나를 살려냈잖아.

내 말에 동이 씨는 한참 웃었다.

그래, 넌 내가 지켜낸 아이야.

동이 씨는 그 말이 하고 싶었던 거다.

나는 어느 여배우 덕분에 '실수로 태어난 아이'에서 '지켜낸 아이'가 됐다. 몇 년 전, 그 여배우가 미혼모라는 사실을 당당히 밝히며 말했다.

"제 아이는 지켜낸 아이입니다."

티브이 화면 속 여배우가 눈물을 글썽이며 말할 때 따

라 울던 동이 씨의 얼굴을 기억한다. 보상을 받은, 승리한 사람의 표정. 그날 이후로 동이 씨는 나를 '지켜낸 아이'라고 불렀다. 그러고 보면 동이 씨는 시대를 투명하게 반영하는 사람인 것 같다. '실수'로 태어난 아이를 고집스럽게 혼자 키웠을 때도, '지켜낸 아이'를 자신의 업적으로 여길 때도 동이 씨의 마음과 생각을 이끌었던 것은 화면에 등장하는 사람이었다. 나는 때때로 동이 씨의 진짜 마음과 생각이 궁금하다. 아니, 동이 씨만의 마음과 생각이란 게 있긴 할까. 먹어도 되는 화장품을 철석같이 믿는 사람, 실수로 태어난 아이를 지켜낸 아이라고 하루아침에 말을 바꿀 수 있는 사람, 노년에 무언가를 키우는 게 치매 예방에 좋다는 말을 듣고 물고기와 식물을 죽이는 사람. 동이 씨는 받아쓰기를 하며 사는 사람 같다.

엄마, 티브이 좀 그만 봐.

나는 기어이 동이 씨의 도취에 찬물을 끼얹었다.

너야말로 남들이 보는 것 좀 봐. 그러니까 네가 그러고 사는 거야.

동이 씨도 내게 한 방 먹였다.

우리 모녀의 대화는 거기서 끝났다. 그러는 사이에 나는 회사에 도착했고 이제 동이 씨가 아닌 다른 목소리를 들으러 칸막이 안에 들어가야 했다.

첫 번째 전화가 울렸다. 나는 타이머를 켰다. 상담 시간은 최대 20분으로 제한된다. 한두 마디만 나누고 끊어버리는 경우도 있고, 20분을 꽉 채우는 경우도 있다. 물론 두 경우 모두 대화 내용의 본질은 같다. 모든 극단은 만나게 되어 있으니까.

첫 번째 전화는 1분 50초짜리였다.

내가 말하고 있어요. 내가 말하고 있잖아. 내가 말하는데 듣고 있냐고.

상대방이 화를 내며 전화를 끊었다. 나도 말하고 있었는데. 이 일을 하면서 알게 된 사실 하나가 있다. 아무도 내 말을 들어주지 않는다고 말하는 사람은 아무 말도 듣지 않는 사람이라는 것.

두 번째 발신자는 10년 전 과거 이야기를 꺼냈다. 과거에 자기를 괴롭혔던 사람, 과거에 자기가 이뤘던 것, 과거에 사랑했던 사람을 쉬지 않고 말했다. 나는 그에게 선생님, 오늘도 하룻밤이 지나면 과거가 될 겁니다, 라고 말했고, 그는 내게 같잖은 충고는 하지 말라고 화를 냈다. 가끔 잊는다. 사람들이 내 말을 듣기 위해서 내게 전화하는 게 아니라는 것을.

세 번째 발신자는 그냥 울었다. 나는 20분 동안 누군가의 울음을 가만히 들었다. 20분이 지나고 전화가 끊겼지만. 울음소리가 귓가에 맴돌았다. 보고서에 글자 대신 음표를 그릴 수도 있을 것 같았다. 어떤 사람의 울음소리. 미와 파와 솔을 오가다가 도로 떨어지는, 느리고 비통하게 연주해야 하는 음표들. 그거면 충분하지 않을까? 어떤 삶은 글자가 아니라 음표로 써야 한다는 것을 안다.

네 번째 발신자는 삶의 완성은 죽음이라고 했다. 자

살 충동을 느끼는 사람들의 전화를 종종 받는다. 그들은 대체로 말이 별로 없다. 할 말이 없으면서 전화를 거는 것은 살고 싶은 마음일까, 죽고 싶은 마음일까. 확실한 건 어느 쪽이든 간절하다는 것이다. 이런 경우 내가 할 수 있는 일은 그의 간절함을 덜 간절한 쪽으로 돌리는 것이다. 예를 들어 버섯의 종류를 말하는 게임을 제안해 본다. 표고버섯, 양송이버섯, 느타리버섯, 팽이버섯. 처음에는 무슨 개소리를 하느냐는 반응이 대부분이지만, 일단 게임이 시작되면 머릿속 구석에 박힌 버섯을 발견해내기 위해 애쓰기 마련이다. 광대버섯, 목이버섯, 노루궁뎅이버섯, 붉은사슴뿔버섯까지 들어본 적이 있다. 그렇게 20분 동안 버섯 게임을 하고 나면 삶이든 죽음이든 조금 잊게 된다. 하지만 경험상 정말 위험한 경우는 충동이 아닌 논리적 사고로 죽음에 접근하는 이들이다. 그들은 이미 죽음이라는 결론을 내리고 하나의 이론을 완성해 나간다. 내가 무슨 말을 해도 그것은 그들의 이론을 더 확고하게 해줄 뿐이고, 자칫 그들의 죽음에 합당한 사유를 더해주는 장치로 이용당할 수도 있다. 네 번째 발신자가 삶의 완성은 죽음이라고 말했을 때, 나는 '아니요'라는 말 대신에 "어쩌면 그럴지도 모른다, 하지만 아닐 수 있다"라고 애매하게 대답했다. 그가 내 논리에 반박하는 것을 막기 위해서였다. 그는 자기의 논리를 더 견고하게 하기 위해 내 논리를 이용하려 들 테니까. 결국 그는 그런 애매한 말을 듣기 위해 연락한 것이 아니라는 말을 남기고 전화를 끊었다.

그와 통화를 마친 후에 오전에 있었던 일들을 보고서에 정리하고나니 점심시간이 됐다. 슬리퍼를 신발로 갈아 신고, 방에서 나와 구내식당으로 갔다. 엘리베이터 대신 계단을 이용했다. 회사에서 사람들과 마주치는 게 불편하다. 다른 직원들도 마찬가지일 것이다. 하지만 사람을 피해 계단을 이용해도 거기에서 마주치는 사람들이 있다. 그들도 나와 비슷한 이유로 계단을 오르내릴 것이다. 그곳에서 우리는 서로 모른 척, 유령인 척 스쳐 지나간다. 구내식당 역시 늘 조용하다. 무리를 지어 밥을 먹는 사람들은 거의 없다. 대부분은 파티션이 있는 것처럼 띄엄띄엄 앉아 혼자 밥을 먹는다. 간혹 두세 명이 함께 먹는다고 해도 크게 떠들지 않는다. 다들 사람이 내는 소리가 지겨운 것이다.

큰 테이블 끝에 혼자 앉아서 밥을 먹었다. 앞 테이블에서 조용히 주고받는 말소리가 들렸다. 여자 직원 두 명이었다. 그들은 우리의 일이 조만간 AI로 대체될 것이라고 말했다. 그들도 각자 키우는 AI가 있는데, 온종일 목구멍까지 차올랐던 말들을 쏟아내면 잘 들어준다고 했다. 또 상담 요청자와 대화한 내용을 말해주고 어떤 사람인지 짐작해보라고 하면 꽤 그럴듯한 스토리를 만들어내기도 한다고 했다.

내가 쓰는 보고서보다 훨씬 논리적이야.

두 사람 중 하나가 말했다. 그러자 다른 한 사람이 AI가 사람보다 보고서는 더 잘 쓸 수 있지만 대체할 수 없는 게 하나 있다고 했다.

숨소리요.

그렇게 말했다. 얼굴을 볼 수 없어도 진짜 사람과 통화하길 원한다면 그건 아마 숨소리 때문일 것이라고.

목소리는 만들 수 있어도 숨소리는 어려울 거예요. 사람이 감정을 주고받는다는 게 사실 숨소리를 주고받는 것일 수도 있거든요.

나는 그의 말을 엿들으며 누군가의 숨소리에 귀 기울여보려 했지만 잘 들리지 않았다. 그렇지만 어쩌면 구내식당이라는 커다란 공간 안에 가득 차 있는 공기가 수많은 사람들의 '숨'일지도 모른다. 거대한 허파 같은 이곳에서 실핏줄처럼 가느다란 숨으로 연결된 사람들. 서로 떨어져 앉아서 아무 말 하지 않아도 저기 누가 있다는 게 다행이라고 생각한 날들이 내게도 있었다.

식사를 마치고 다시 자리에 돌아와 오후 내내 전화를 받았다. 사람들은 다채롭게 미쳐 있고, 비슷하게 절망하며 산다는 걸 매일 타인의 목소리를 통해 확인한다. 상담을 마치고 퇴근하기 전에 오후에 통화했던 상담 요청자들의 이야기를 정리했다. 그들의 상황, 그들이 뱉은 말의 의미를 추측하고 스토리를 짜다가 문득 내가 쓴 글이 모두 삼인칭 시점이라는 사실을 깨달았다.

"발신자 1103호는 삶의 완성이 죽음이라고 생각한다. 그는 삶의 마침표를 느닷없이 엉망으로 찍고 싶어 하지 않는다."

이런 식의 글을 쓰다 보면 나는 그의 마음을 도저히 이해할 수 없을 것만 같다. 삼인칭은 완벽한 타자이고, 그건 내가 가닿을 수 없는 세계니까. 알 수 없는 마음이다. 하지만 사수는 그런 건 중요하지 않다고 했다. 회사에서 수집하는 정보는 상황과 성향, 통계 같은 것이라고.

절망 마케팅이라고 들어봤니?

처음 일을 시작했을 때 사수가 물었다.

그는 시장경제에서 절망하거나 염려하거나 심리적으로 취약한 사람들이 지닌 경제적 가치에 대해 말했다. 그걸 알고 있는 사람만이 돈을 버는 것이고, 그래서 자기는 돈이 없는 것이라고. 남의 불행이 돈이 되는 이유를 아직도 잘 모르겠다고.

너무 깊이 알려고 하진 말자. 우리는 그냥 이 커다란 기계의 작은 부품 하나로 살면 돼. 기계 전체를 보려고 하면, 이해하려고 하면 불행해져.

사수는 그렇게 말했다. 결국 우리가 얼마나 하찮고 작은 부품인지를 밝히는 일밖에 되지 않을 것이라고.

마지막 통화 기록을 남기고 퇴근하려는데 전화가 또 울렸다. 잠시 망설이다가 전화를 받았다. 아무 소리도 들리지 않았다. 최소 하루에 한 통씩 그런 전화를 받는 것 같다. 아무 말도 하지 않는 전화. 마음 콜센터가 1분에 500원인 유료 서비스라는 사실을 감안하면, 아무 말도 하지 않기 위해 적게는 몇천 원, 많게는 만 원을 버리는 셈인데, 그렇게까지 하는 이유가 뭘까 생각하다가 구내식당에서 들었던 이야기를 떠올렸다. 나는 귀를 기울였다. 실처럼 가늘게 이어지는 숨소리가 들렸다. 만질 수 없고 볼 수 없지만 거기 누군가가 있다는 유일한 증거인

소리였다. 우리는 서로의 숨소리를 들으며 약 5분 동안 그렇게 있었다. 그러다가 "감사하다"는 짧은 인사와 함께 전화가 끊겼다. 노인의 목소리였던 것 같다. 7개월 차가 되니 그 정도는 알 수 있다. 노인들의 음성에는 떨림이 있다. 성대도 근육이고 노화는 모든 근육의 퇴화를 의미하니까. 또 그들의 숨은 신중하다. 몇 개 남지 않는 무언가를 아껴 쓰는 것처럼. 전화를 끊고 보고서에 "발신자 1020호는 천천히 숨을 내쉬었다. 자신이 숨을 쉬고 있다는 사실을 확인하려는 듯했다. 그에게 전화는 청각적 거울이었다"라고 적었다. "우리는 마주 본 사람들처럼 숨과 숨을 주고받았다"라는 말을 썼다가 지웠다. '우리'라는 단어는 적절하지 않다. 마지막 기록을 마치고 컴퓨터를 껐다. 야근하는 직원들이 몇몇 있었다. 밤에 걸려 오는 전화를 받는 일은 하고 싶지 않다. 더 많이 버는 것을 선택할 수는 없지만 더 적게 버는 것을 선택할 수는 있다. 하루 중 회사 문을 열고 나갈 때, 저녁 공기가 나를 덮치고 지금부터 새벽까지 나만을 위한 시간이 있다는 사실을 상기하면 아주 잠깐 행복하다. 행복하다, 나는 여전히 그 말을 너무 쉽게 쓴다.

  버스를 타고 집에 돌아와 샤워를 하고 커피를 내렸다. 시월에서 빌려 온 책을 식탁 위에 올려놓았다. 표지에 적힌 제목과 '전혜린'이라는 이름이 자꾸 눈에 들어온다. 책날개에는 사진과 양력, 32세에 숨졌다는 정보가 적혀 있다. 지금 내 나이와 같다. 왜 그렇게 빨리 갔을까? 전혜린의 얼굴에 눈을 뗄 수 없었다. 정확히는 뭔가를 말하려는 듯한 그 눈빛에. 책장을 막 넘기려는데 동이 씨에게 카톡이 왔다. 어항 사진과 "어항 청소는 왜 이렇게 힘드니?"라는 말.

나는 동이 씨가 아무 준비 없이 무언가를 덥석 키우는 게 늘 문제라고 생각했다. 최악은 강아지, 모찌였다. 어느 날 동이 씨가 하얀 몰티즈를 데려왔다. 동이 씨는 모찌를 예뻐했다. 잘 때도 껴안고 자고, '우리 아기'라고 부르며 안고 다녔다. 나는 그 개가 네발로 걸어 다니는 걸 본 적이 없다. 항상 동이 씨 품에 안겨 있었으니까. 모찌는 장염으로 죽었다. 동이 씨가 준 치킨, 짜장면, 탕수육, 된장국 때문이다. 동이 씨는 개를 예뻐할 줄만 알았지 키우는 법은 몰랐던 거다. 그 이후로 동이 씨는 식물만 키웠는데(아니 죽였는데), 이제는 물고기에 꽂혔다. 다섯 마리가 다 죽어야 끝날까. 안 죽으면 좋겠다. 물고기들이 엄마랑 오래오래 살아주면 좋겠는데.

답장하기 싫어서 핸드폰을 꺼버렸다. 창문을 향해 고개를 돌리니 빗방울이 떨어지고 있었다. 창을 활짝 열었다. 비 냄새가 났다. 글을 썼기 때문일까. 애인이 생각났다. 애인은 잘 살까? 애인의 집에 물이 조금 샜는데. 여름이면 곰팡이 냄새도 났는데. 우리가 뮌헨에 가려고 모은 돈이 새집을 구하는 데 도움이 됐을까? 원룸일까? 원룸이면 애인의 짐이 다 들어가긴 할까? 헤어질 때, 애인이 사실은 뮌헨에 가고 싶지 않았다고 말해서 조금 억울했다. 먼저 뮌헨에 가고 싶다고 말한 것은 애인이었는데.

애인과 나는 외국에 대한 환상이 있었고, 여행 방송

을 좋아했다. 내가 지하철을 두 번, 버스를 한 번 갈아타고 애인의 집에 도착하면, 애인은 커피를 내려줬다. 잠으로 낭비하기에 시간이 너무 아까웠다. 우리는 커피를 마시면서 티브이에서 나오는 여행 프로그램이나 유명한 유튜버의 여행 방송을 봤다. 둘 다 해외여행 경험이 없어서 마치 공부하는 사람들처럼 집중했다. 호텔, 레스토랑, 카페, 쇼핑몰, 유적지. 우리는 그런 걸 보면서 그곳에 있는 우리를 상상했다. 상상 속 우리는 늘 이곳보다 조금 더 행복했고, 즐거웠다. 상상이 끝나고 나면 꼭 여행이 끝난 것 같았다. 여행이 끝나고 난 후에 찾아오는 우울감과 슬픈 감정이 있다던데, 우리는 떠나본 적도 없으면서 그런 걸 자주 느꼈다. 우리가 화면으로 봤던 수많은 여행지 중에서 뮌헨을 고른 것은 애인이었다. 둘이 앉아서 티브이를 보는데 눈 내리는 뮌헨 풍경이 나왔다. 그러다 약 3분 정도 아무 소리도 나지 않았다. 여행 방송에 자주 등장하는 뻔한 BGM 하나 없이 적막 속에 눈이 내렸다. 카메라는 움직이지 않고 눈 속을 걷는 사람들을 잡았다. 눈발이 점점 더 거세졌다.

방송사고 같아. 아무 소리도 안 나.

내가 말했다.

애인은 넋을 놓고 화면을 바라보고 있었다. 나도 어느 순간 애인과 함께 그 고요 속에 있었다. 꽤 긴 시간처럼 느껴졌다. 아주 잠깐 소리가 사라진 것뿐인데 다른 세상이 열린 것 같았다.

이런 건가?

애인이 말했다.

뭐가?

적막 말이야.

애인은 마치 신기한 자연현상을 체험한 것처럼 흥분한 표정을 지었다.

저기에 가고 싶어. 저런 적막 속에 있고 싶어.

애인은 그렇게 말했다. 그때부터였다. 우리는 해마다 뮌헨으로 떠날 계획을 세웠다. 유명 관광지부터 현지인이 주로 간다는 식당, 예쁜 가게, 카페의 리스트를 만들었다. 매년 리스트가 업데이트되었다. 블로그에 실린 정보가 너무 많아서 그걸 읽다 보면 마치 그곳에 다녀온 것 같았다. 여행 방송도 질릴 만큼 봤다. 그러다 어느 날 독일에 사는 한 유학생의 블로그에서 「회색의 포도와 레몬빛 가스등」이라는 제목의 글을 읽게 됐다. 아주 오래전, 가스등을 켜는 시간에 제복을 입은 할아버지가 자전거를 타고 긴 막대기를 이용해 가스등을 한 등 한 등 켜는 모습, 짙어진 안개, 잿빛 베일을 뚫고 엷게 비치는 레몬빛 가스등에 관한 이야기. 그 글을 읽는 동안 한 번도 가본 적 없는 곳의 풍경이 눈앞에 펼쳐지는 것 같았다. 회색빛 거리, 서늘함, 희미한 불빛과 고요를 생각하면 찾아오는 슬픔. 그것은 경험하지 않은 것을 향한 그리움이었을까.

나는 설명할 수 없는 감정과 떠오르는 기억을 놓치지 않으려고 무언가를 쓰기 시작했다. 뮌헨의 눈 오는 거리를 화면을 통해 바라보는 여자와 남자, 거기서부터 시작되는 이야기. 그러다 문득 내가 옮겨 적은 기억이 실제로 내가 겪은 것과 조금 다르다는 사실을 알게 됐다. 그러니까 내가 꺼낸 것은 다시 쓰기에 가까웠다. 나는 내가 겪은 그 혼란의 시간을 들려줄 만한, 보여줄 만한, 기억할 만한 이야기로 바꾸고 있었다. 이야기 속의 나도 완전히 나는 아니었다. 책 속의 그 여자도 그랬을까? 레몬빛 가스등을 바라보던 그녀도 그 글을 쓰는 순간 자기 안에서 되살아나고 또 지워지는 무언가를 느꼈을까?

굵은 빗방울이 떨어졌다. 창가로 달려가 창문을 닫았다. 이제 곧 장마가 시작되려나 보다. 무섭게 쏟아지는 빗소리가 닫힌 유리창 너머로 들려왔다. 비가 많이 쏟아지는 날에는 이렇게 실내에 있어도 어깨가 젖는 듯한 기분이 든다. 비가 쏟아지는 소리를 듣는 것만으로도.

지금, 너무 많은 비가 내린다.

이어 쓰기

내가 쓴 글을 니나에게 보낸 지 이틀 만에 답장이 왔다. 니나는 글을 이어 쓰다 보니 궁금한 게 생겼고, 나를 만나고 싶다고 했다.

나는 회사에서 니나의 메일을 읽었지만 바로 답장을 보내거나 연락할 수 없었다. 파티션 안에 들어가면 얼굴을 아는 사람에게 연락하지 않는다. 회사의 방침이 아니라 내가 정한 것이다. 목소리로만 존재하는 나와 실제 나를 구별하지 않으면 안 될 것 같아서. 어릴 때 내가 읽었던 무서운 동화책 중에 그림자와 경계가 모호해져 결국 그림자가 되어버린 사람 이야기가 있었다. 그림자가 된 사람은 그림자만 바라보다가 그림자가 됐다. 자기가 어떻게 생겼는지 잊은 것이다. 칸막이 안에서 전화를 받는 나는 칸막이 안의 목소리가 되지 않기 위해 주의해야 한다.

오전에만 스무 통의 전화를 받았다. 그 스무 통의 전화는 모두 다른, 하지만 본질적으로는 같은 고통을 호소했다. 그림자에게 할 수 있는 이야기라는 것이 그런 것뿐이겠지.

점심을 먹고 회사 옥상에 올라가서 니나에게 전화를 걸었다. 우리는 카페 시월에서 만나기로 했다. 니나는 내게 날씨가 어떤지 물었다. 암막 커튼을 쳐놓아서 밖이 보이지 않는다고 했다.

우산을 챙기세요. 갑자기 비가 쏟아지는 계절이 왔으니까.

그렇게 말했지만 해가 쨍쨍 내리쬐고 있었다. 이제 정말 여름이다. 여름에는 그리운 게 없어서 좋다. 아무것도, 아무도 생각나지 않는다. 여름의 일이라는 것은 태양과 습도와 더위를 견디는 게 전부다. 그것 말고 할 수 있는 게 없다. 비가 쏟아지면 피하고, 더우면 가만히 있고. 그러면 된다. 그래도 된다.

일을 서둘러 끝내고 버스를 탔다. 회사에서 원도심으로 가는 길에 처음 보는 장소들을 지나쳤다. 버스 안에는 학생들이 많았다. 이 도시에는 유명 대학 지방 캠퍼스가 있어서 여름방학이 시작되면 도시가 텅 빈다고 했다. 로컬 청년단에게 들은 말이다. 모두 집으로 돌아간다고. 텅 빈 여름이 너무도 쓸쓸한 곳이라고. 원래 이곳에서 태어나고 자란 사람들은 떠나고 싶어 하고, 잠시 머무는 사람들은 늘 돌아갈 구실을 찾고 있으며, 어디로 가는지 모르겠지만 모두가 이곳을 벗어나고 싶어 한다고 했다. 하지만 그들은 아니다. 그들은 여기를 제일 잘 알고, 그래서 좋은 곳으로 만들고 싶어 한다. 누군가가 나서서 뭔가를 해야 한다면 '여기'를 제일 잘 아는 '우리'여야 한다고, 전희수는 말했다. 나와 이름이 같은, 나와 너무 다른 희수. 희수는 내게 없는 '여기'와 '우리'를 갖고 있다. 희수가 서른 살이 되고 마흔 살이 되면 어떤 모습일까. 이십 대의 나는 혼자였고, 여기도, 저기도, 지금도, 내일도 없었다. 그냥 흘러가는 대로 살았던 것 같다. 줄이 제일 긴 버스를 탔고, 어디로 가는지 모르는 채로 생각 없이 한참을 달리다가 다른 사람들이 내리는 것을 보고 허겁지겁 따라 내렸다. 그렇게 영문도 모른 채 어느 정거장에서 내리면 다음 버스를 또 기다리고……. 왜 그토록 어디로 가려고 했을까. 거기가 어디인지도 모르면서.

 달리는 버스 안에서 가만히 제자리에 있는 것들을 본다. '여기'라고 말하는 마음은 어떤 것일까. '저기'라고 말하는 결심은 무엇일까. 그런 생각을 하는 사이에 모두 버스에서 내렸다. 이제 원도심으로 가는 버스 안에는 노인들과 나뿐이다.

 일부러 한 정거장 전에 내렸다. 원도심이 시작하는 곳부터 걷고 싶었다. 낡은 주공 아파트가 있는 정류장이다. 나무가 무성한 곳이다. 아스팔트에 나뭇잎 모양대로 검게 찍힌 그림자가 있고, 그 그림자를 뭉개고 앉은, 꼭 그 그림자의 일부 같은 사람들이 있었다. 체크무늬 하늘색 셔츠를 입은 할아버지, 분홍색 티셔츠를 입은 할머니, 입매가 축 처진 할머니, 슬프지 않아도 눈가에 눈물이 고인 할아버지. 나는 그들을 지나쳤다. 나뭇잎 무늬가 있는 그들의 그림자를 밟고 걸었다. 여름의 풍경은 빛이 아니라 그늘과 그림자가 만들고, 나는 여름 안으로 한 발짝씩 걸어 들어가고 있다.

요양병원 앞에서 지난번에 봤던 할아버지를 또 만났다. 그 옆에 서 있는 요양보호사로 보이는 여자도. 할아버지는 오늘도 모자를 쓰고 있었다.

할아버지가 힘드신 것 같아요. 더운데 모자까지.

지나가는 남자가 할아버지를 보며 말했다.

이거 안 쓰시면 안 된대요. 고집이 세요.

요양보호사가 휴대폰에서 눈을 떼지 않고 대답했다.

땀이라도 좀 닦아주세요.

남자가 말했다.

요양보호사가 할아버지의 팔을 잡아당겼다. 물먹은 스펀지처럼 축 늘어진 몸이 여자의 어깨 위로 쓰러졌다. 요양보호사는 힘겹게 할아버지를 붙들었다. 화를 내는 것도 같았다. 좀 잘해주라는 행인의 말에 요양보호사는 불같이 화를 냈다.

그럼 당신이 하면 되겠네.

할아버지의 눈에 눈물이 고였다. 요양보호사는 나를 보더니 변명하듯 말했다.

노인들은 원래 눈에 눈물이 잘 고여요.

알아요.

나는 답했다.

몸이 이렇게 말랐는데 왜 이렇게 무거운지 모르겠어요.

요양보호사는 할아버지를 잡아끌며 말했다.

너무 무거워요.

저만치 멀어진 남자가 혀를 차는 소리가 들렸고, 나는 도와주지도, 그렇다고 모른 척 가버리지도 못한 채 한동안 거기 서 있었다.

뭐 해요?

누군가가 어깨를 두드렸다. 뒤돌아보니 니나가 서 있었다. 구세주 같았다. 왜 그렇게 느꼈는지 모르겠지만.

가요. 저런 것도 매일 보면 무뎌져요.

니나가 말했다.

늙고 병들고 무겁고 힘든 거, 이 동네에서 매일 봐요. 마음 콜센터에서 일하신다고 했죠? 희수 씨도 그렇지 않나요?

저는 매일 듣죠. 힘들고 무겁고 외로운 거.

삶이 그런 거니까.

좋은 건 다 어디 있는지 모르겠어요.

니나가 내 말을 가만히 듣더니 말했다.

한때는 이 동네가 제일 번화가였어요. 극장 앞에 사람들이 늘 바글바글했죠. 이 거리에 오면 팝콘 냄새 같은 게 있었는데 지금은 소독약 냄새가 나요.

니나는 요양병원을 돌아봤다.

여기서 살았어요?

나는 니나에게 물었다.

네.

쭉?

아니요. 서울에서 잠깐 살았고, 독일에서도 몇 년 살다가 돌아왔어요.

왜요?

돌아오고 싶어서.

그런 마음이 뭔지 모르겠어요.

어떤 마음이요?

돌아오고 싶은 마음, 나는 그런 게 없어요. 돌아갈 곳도 없고, 그리운 곳도 없고.

돌아오고 싶은 마음이라고 해서 그립고 뭐 그런 건 아닌데요.

그럼 뭐예요?

다시 살아보고 싶은 거죠. 다시 살아보면 이전과는 조금 다를 것 같아서.

그러네요. 그럴 수도 있겠네요. 그런데 돌아가면 다시 살 수 있나요?

조금 다르게 보여요. 다르게 보면 다르게 살아지고.

그런 곳이 없어요?

잘 모르겠어요. 저한테는 그런 게 장소가 아니라 시간인 것 같기도 하고요. 시간은 되돌릴 수 없잖아요.

그러네요. 하지만 시간을 장소로 만들 수는 있을 것 같아요.

나는 니나의 말을 완전히 이해할 수 없었지만, 그의 뒤를 따라가면 어떤 시간에 이를 수도 있을 것만 같았다. 그게 과거인지 현재인지 미래인지는 모르겠지만.

함께 걷던 우리는 시월에 도착했다. 니나는 시월의 사장과 같은 대학을 나왔고 함께 독서 동아리를 꾸렸다고 했다.

우리 동기들은 다 승호가 작가가 될 줄 알았어요. 전혜린, 루이제 린저, 헤세, 파스테르나크. 모두 승호 덕분에 읽게 된 거예요. 책을 엄청 많이 읽었거든요. 나한테 승호는 작가였어요. 글을 쓰겠다고 했었고. 그런데 어느 날, 뜬금없이 카페를 차렸더라고요. 예전에는 장사가 꽤 잘됐었죠. 여기가 중심지였으니까. 그때부터 승호는 쭉 이곳에 있어요. 상권이 다 죽고, 독서 동아리의 친구들이 모두 떠나고, 우리가 좋아했던 책들이 표지를 몇 번씩 바꾸고 절판되는 동안에. 이 동네에 사람이 바글바글하던 때부터 개미 새끼 한 마리 없는 시기를 지나서 이제 막 스물이 된 애들이 이곳을 좋아해보고 싶다고 나타난 지금까지 승호만 여기 남아 있죠.

그런데 왜 카페 이름이 시월이래요?

나는 궁금해졌다.

시월에 가게를 열었나 보죠.

니나는 웃었다. 니나는 삶은 우연이 쌓여서 의미가 되고, 의미를 곱씹으며 운명이 되는 것이라고 말했다. 지금 내 앞에 있는 시월도 흩어지지 않고 쌓이는 우연이 될 수 있을까. 여기 사는 사람들처럼 나도 그런 걸 갖고 싶어졌다.

니나는 시월의 문을 열고 들어가자마자 물었다.

승호야, 여기 10월에 열었지?

응.

시월의 사장이 무심하게 대답했다.

그거 봐요.

니나가 시월의 사장을 바라보며 생글생글 웃었다.

그런데 시월이 되면 여기 엄청 쓸쓸해요.

니나가 창밖을 보며 말했다.

그때부터 겨울 냄새가 나거든요. 텅 빈 거리에 스산한 바람이 불고. 그래서 좋기도 하지만.

우리는 자리에 앉았다. 지난번에 왔을 때 보지 못했던 것들이 눈에 들어왔다. 낙서 가득한 벽. 나무 테이블에 새겨진 이름 같은 것도.

저기 내 이름도 있어요.

니나가 벽을 가리키며 말했다.

내 진짜 이름이요. 그때는 왜 그렇게 빈 벽만 보면 이름을 써댔는지 몰라. 승호야, 저기 네 이름도 있지? 내가 적지 않았어?

아니야. 잘 봐. 승호가 아니라 승오잖아.

시월의 주인이 웃으며 말했다.

그러네. '호'가 '오'가 됐네. 승호가 승오가 되면 이젠 네가 아닌 건가?

니나가 진지한 얼굴로 물었다.

아니지.

겨울처럼 텅 빈 시월에 사장의 목소리가 울렸다.

그래. 여기에 적힌 이름들은 지금 우리가 아니지.

니나가 쓸쓸한 미소를 지었다.

어떤 날은 뭐가 진짜 나인지 모르겠어요. 이 거리도, 나도 다 가짜 같아요. 진짜는 과거에, 저 벽 속에 있고요. 나는요, 삶이 비처럼 내릴 때 그 빗속으로 뛰어드는 사람이고 싶었어요. 그게 내가 되고 싶었던 나인지, 한때 나였던 사람인지 잘 모르겠지만. 어떤 날에는 내가 생각하는 나는 저 벽에 적힌 이름인 것 같아요. 당신이 보는 나는 그 사람이 아니고.

변했다는 뜻인가요?

사는 게 내가 나로부터 멀어지는 일 같다는 뜻이에요.

니나는 잠시 눈을 감았다. 나는 니나의 눈가에서 시간의 흔적을 봤다. 파도가 쓸고 간 흔적이나 무너지고 팬 흔적 같은 것. 포만과 반복, 탄력 상실 그런 것들을 반복한 존재의 느린 변신 같은 것. 어느 날, 우리는 모두 생각해본 적 없는 모습으로 변한 자신을 마주하게 될지도 모른다. 그걸 나라고 부를 수 있는지 의심하며, 그냥 나라고 부르자고 체념하며 살기도 한다.

돌아가고 싶다는 것은 되찾고 싶은 거예요?

나는 니나에게 물었다.

니나는 고개를 저었다.

아니요. 되찾을 수 없어요. 내가 할 수 있는 건 다시 해보는 것뿐이에요. 잃어버린 것이 무엇인지, 놓친 게 무엇인지를 생각하면서. 잃어버린 것과 놓친 것 모두 돌아오지 않겠지만 혹시 다른 것을 얻을 수도 있으니까.

잘되고 있나요?

내가 물었을 때 니나가 웃었다.

모르겠어요.

우리는 한동안 무슨 말을 해야 할지 몰라서 입을 다물고 시월의 창 너머로 여름 풍경을 바라봤다. 지금의 빛으로는 도저히 가을을 상상할 수 없다. 주문한 커피가 나왔다. 니나는 커피를 마시며 내가 쓴 글에 빠진 이야기가 있는지 궁금하다고 말했다.

뭐가 궁금한 거죠?

나는 니나에게 물었다.

그러니까 두 사람 사이에 오갔던 대화 중에 생략된 것이요.

중요한 것은 썼던 것 같은데.

뭔가 빠진 것 같아요.

뭐가요?

여자의 진짜 마음이요. 해남에 가지 못하고 돌아올 때, 여자는 뭘 느꼈는지 그런 게 없잖아요. 슬펐는지, 싫었는지, 다행이라고 느꼈는지, 안심했는지.

제가 안 썼나요?

네. 없어요. 애인의 표정과 애인의 말, 애인 이야기뿐이에요. 여자는 어떤 마음이었을까요?

나는 니나의 질문에 조금 당황했다. 생각해보니 애인의 모습은 선명하게 떠오르지만 내가 어땠는지는 기억이 잘 나지 않았다.

서운했을까요?

서운하진 않았을 거예요.

왜죠?

해남은 너무 멀어서. 사실 피곤했을 거예요. 집에 가서 눕고 싶었을 것 같아요. 그 차가 오래된 고물차라서 불편했을 거고.

고물차였군요.

맞아요. 남자의 누나한테 빌린 차인데, 누나는 잘 타지 않는 고물차였던 거죠.

두 사람은 왜 그 고물차를 탔을까요? 버스를 타거나 기차를 타도 됐을 텐데.

니나가 물었다.

두 사람은 필요할 때 가끔 누나 차를 빌려 탔고, 그래서 늘 하던 방식이 아닌 다른 방식을 생각하지 못했을 거예요. 그럴 여유가 없기도 했고.

바빠서요?

아니요. 그럴 마음이 없었겠죠. 마음이 없어서, 그거네요.

마음이 없어진 거죠?

네. 돌아가는 길에 여자는 서운하진 않았어요. 기쁜 것도 아니었겠지만. 그냥 텅 비어 있었어요. 마음이 있던 자리에 구멍이 난 것 같아요.

그 마음이란 거 웃기죠? 제 마음대로 생겼다가 없어지고.

가만히 둬도 자라는 게 있고, 가만히 두면 죽는 게 있죠.

그렇다고 없었던 건 아니에요.

니나가 말했다.

없어졌다고 해서 있지 않았던 게 아닌 것처럼. 있었잖아요. 그렇죠?

니나가 물었다.

네, 있었어요.

없어진 것 말고 있었던 이야기를 써도 괜찮아요?

니나가 물었다.

네. 그렇게 써주세요.

그걸 묻고 싶었어요.

니나가 말했다.

집에 돌아가기 전에 나는 시월의 주인에게 책을 조금 더 빌릴 수 있냐고 물었다. 아직 다 읽지 못했다고. 시월의 주인은 돌려주기만 하면 된다고 했다. 몇 번이나 읽은 책이라서 다시 읽지 않아도 되지만, 이 카페에서 그 책을 읽었던 사람들의 추억을 위해 돌려받고 싶은 것이라고.

승호라고 불러주세요. 여기서는 다 불리고 싶은 대로 불려요.

시월의 사장이 말했다.

저는 희수예요.

희수 씨라고 부르면 될까요?

승호 씨가 물었고, 나는 그 물음이 참 어렵게 느껴졌다. 그렇게 불리고 싶은 걸까?

희수 씨. 좋아할 만한 이름이네요. 그 책, 사람들이 무척 좋아했어요. 그 사람들은 이제 여기에 없지만 책은 남았죠.

꼭 돌려드릴게요.

나는 승호 씨에게 다짐하듯 대답했다.

어떤 사람들이 그 책을 읽었을까. 나는 사람들이 소리 내어 그 책을 읽는 상상을 했다. 내게는 사람들의 얼굴과 표정보다 목소리를 상상하는 게 더 쉬웠다. 그중에 가장 쉬운 것은 니나가 아직 니나이기 이전의 목소리를 상상하는 것이었다.

돌아가는 버스 안에서 비가 쏟아졌다. 헤어지기 전에 니나가 시 한 구절을 적어줬다. 전혜린의 책에서 내가 골랐던 시의 다음 구절. 전혜린이 번역한 것을 니나가 다듬었다고 했다. 니나의 것으로 만들어보고 싶었다고.

모든 일에서
극단에까지 가고 싶다.
일에서나 길에서나
마음의 혼란에서나
서둘러 흐르는 나날의 핵심에까지
그것들의 원인과
근원과 뿌리
본질에까지.

나는 여러 목소리가 포개지는 상상을 했다. 러시아어와 독일어, 한국어가 섞이고, 숨과 숨이 더해지는 상상도. 빗물이 버스 유리창을 때렸다. 시어들이 쏟아지는 것 같았다. 머리카락을 흠뻑 적실 것처럼. 문득 궁금해 졌다. 내가 놓친 나날의 핵심은 무엇이었을까. 가장자리만 맴돌다가 도망쳐 나온 이곳은 어디일까. 나는 어디로 흘러가고 있을까.

다시 쓰기

 장마가 시작됐다. 며칠 비가 왔고, 비와 함께 동이 씨도 왔다. 퇴근하는데 동이 씨에게 전화가 왔다. 동이 씨는 기차역에서 우리 집에 가려면 몇 번 버스를 타야 하느냐고 물었고, 나는 택시를 타고 서둘러 기차역으로 갔다.
 내가 택시에서 내리자 동이 씨가 손을 흔들었다. 비가 주룩주룩 내렸고, 동이 씨는 동이 씨가 가진 유일한 명품, 10년도 더 된 가방이 젖을까 봐 그걸 가슴에 꼭 안고 있었다. 물론 그 가방 안에는 내가 좋아하는 시금치 우엉김밥과 반찬이 들어 있었다.
 날도 더운데 김밥을 왜 쌌어? 우리 동네에도 김밥집은 널리고 널렸는데.
 나는 동이 씨의 가방을 받자마자 열어보지도 않고 면박을 줬다.
 어떻게 알았어? 김밥 냄새 나?

참기름 냄새가 진동해.

아이고, 가방에도 냄새 배겠다.

동이 씨는 가방 열어 냄새를 맡더니 울상을 하고 말했다.

동이 씨와 나는 택시가 아닌 버스를 탔다. 동이 씨가 죽어도 택시를 타지 않겠다고 우겼기 때문이다. 서울과 달리 작은 도시라서 택시비가 얼마 나오지 않는다고 해도 동이 씨는 택시를 타면 미터기에 요금 올라가는 것을 보느라 마음이 불안하다고 했다.

편하게 가자, 마음 편하게.

동이 씨가 말했다.

퇴근 시간이라 버스 안에 사람이 많았다. 우리는 좌석에 앉지 못하고 선 채로 버스 손잡이를 잡았다. 비가 얼마나 거세게 내렸는지 동이 씨 어깨가 다 젖어 있었다. 버스 안에서 덜 말린 빨래 냄새가 났다. 나는 그 냄새가 혹여 동이 씨에게서 나는 게 아닐까 불안했다. 슬그머니 다가가 코를 킁킁거렸다. 엄마 냄새. 기억 속 옅은 오이 비누 냄새가 나를 감쌌다

연락도 없이 무슨 일이야?

미리 간다고 했으면 네가 못 오게 했을 거잖아.

동이 씨의 말은 결코 틀리지 않았다.

동이 씨는 창 너머로 바깥 풍경을 유심히 살폈다. 처음 와본 도시, 지도에서도 찾아본 적 없는 도시에서 길을 잃지 않으려고 애쓰는 사람 같았다.

진짜 무슨 일로 온 거야?

나는 다시 물었다.

엄마가 딸 사는 데도 못 와?

동이 씨가 나를 노려봤다.

이곳에 오기 전까지 동이 씨와 나는 단 한 번도 떨어져 살았던 적이 없었다. 내가 태어났던 할머니 집의 작은 방, 동이 씨가 화장품 가게를 차리면서 마련한 가게에서도 동이 씨와 나는 늘 함께였다. 동이 씨는 열 평 남짓한 가게와 방이 두 개 딸린 그 집을 무척 좋아했다. 나는 아니었다. 사생활이 전혀 보장되지 않는 집이 싫었다. 카운터 뒤에 안채로 이어지는 문이 있었지만 그 문이 닫혀 있었던 적은 거의 없었다. 동이 씨는 안채에 있을 때도 손님이 오는 소리를 들을 수 있도록 항상 문을 열어뒀다. 대신 커튼을 쳤다. 도톰한 꽃무늬 커튼이었는데, 그 커튼을 하도 노려봐서 꽃무늬의 꽃잎이 몇 장이었는지도 기억한다. 커튼이 휙 젖혀질 때마다 침범당하는 기분을 느꼈던 것도. 화장품 가게에 찾아온 손님들은 안채에 있는 화장실을 썼다. 아무렇지 않게 커튼을 휙 열었던 사람들, 그들은 내가 옷을 갈아입거나 자고 있을 때도 "괜찮다"고 말하며 들어왔다. 내가 괜찮아야 하는 거 아닌가? 그런 말을 하면 동이 씨는 우리한테 진짜 고마운 사람들이라고, 그런 소리를 하면 배은망덕한 것이라고 했다. 엄마한테나 고마운 사람들이지 나는 아니라고, 나는 나한테 괜찮은지 묻고 양해를 구하는 사람이 고맙다고 말하고 싶었는데, 한마디도 하지 못했다. 나는 동이 씨에게 한 번도 진짜를 말해본 적이 없다.

집에 돌아오고 싶지 않아?

동이 씨가 버스 창 너머로 소도시의 황량한 풍경을 보며 물었다.

여기도 괜찮아.

넌 집 생각도 안 나?

당연히 생각나지.

그렇게 말했지만, 사실은 아니라고 말하고 싶었다. 나는 그 집이 좋았던 적이 없다고.

커튼을 바꿨어. 여름 커튼으로.

동이 씨가 말했다.

가게에서 훤히 다 보이겠네.

그래야 내가 가게에 있을 때도 물고기들이 보이지.

물고기들?

응. 엄마가 물고기 키운다고 했잖아.

아직 안 죽었구나.

너는 무슨 말을 그렇게 하니. 어떤 때 보면 심장이 덜 만들어진 애 같아.

나는 동이 씨 말에 웃었다.

그러고 보면 동이 씨는 내가 어디 한 군데 모자라는 게 아닌가 늘 걱정했다. 부모 중 한쪽이 없어서 이미 모자란 상태에서 시작했다고 생각했을 수도 있고.

동이 씨가 그 화장품 가게를 계약했을 때, 제일 먼저 했던 말은 "이제 너를 눕혀놓고 마음껏 일할 수 있어"였다. 그때 나는 혼자 알아서 눕고 일어나고 밥까지 챙겨 먹는 열 살이었는데. 그날 동이 씨는 계약서를 끌어안고

펑펑 울었다. 아기였던 나를 방에 눕혀놓고 남의 집의 초인종을 누를 때마다 소리 내어서 울지 못하는 게 화딱지가 났다고 했다. 그 이후로 동이 씨는 참지 않았다. 언제든 울고 싶으면 실컷 소리 내어 울었다.

뭐가 그렇게 서러워?

버스 창밖을 바라보던 동이 씨가 또 훌쩍대서 물었다.

엄마는 네가 여기서 이렇게 사는 게 속상해. 어떻게 키웠는데.

덜커덩거리는 버스에서 동이 씨가 말했다.

뭘 어떻게 키워. 엄마는 맨날 바쁘고 나 혼자 알아서 잘 컸는데.

그래도 내가 너 외롭게 안 키우려고 얼마나 애썼는데.

동이 씨의 울먹임은 슬픔보다 억울함에 가까운 듯했다.

그래. 애썼어.

나는 동이 씨의 울음이 더 커지지 않게 동이 씨를 달랬다.

진짜야. 네가 외로울까 봐, 나는 그게 제일 무서웠어.

동이 씨가 말했다.

그랬을지도 모른다. 내가 아주 어릴 때, 할머니가 나를 봐줄 수 없는 날에도 동이 씨는 영업을 하러 밖에 나가야 했고, 그런 날에는 기저귀를 채운 나를 눕혀놓고 나가면서 티브이를 틀어놓았다고 했다. 온종일 적막 속에 나를 둘 수 없어서. 적막 속에서 내가 외로울까 봐. 나는 가만히 누워서 뭘 봤을까. 아니, 나는 누워서 천장을 보고 있었을 테니까 정확히는 들었을 것이다. 아침 뉴스, 토크쇼, 스포츠 방송, 맛을 찾아 떠나는 여행, 일일 드라마, 그런 것들. 기억나지 않지만 동이 씨 말에 의하면 나는 음악 방송을 좋아했다고 한다. 동이 씨가 집에 돌아오면 오줌과 똥으로 짓이겨진 기저귀를 차고도 울지도 않고 음악 방송을 들으면서 눈을 깜빡였고, 그러다 그 노래가 나오면 까르르 웃음을 터뜨렸다고.

그 노래, 네가 좋아하는 독일어로 시작하는 노래. 동이 씨는 내가 열 살이 되고 스무 살이 되었을 때도, 내가 제일 좋아하는 노래가 그거라고 우겼다. 정작 나는 멜로디도 잘 기억나지 않는데.

너는 그 노래만 틀어주면 웃었어.

동이 씨는 그렇게 말하며 내 옆에서 그 노래를 불렀다. 성악가의 발성을 흉내 내는 동이 씨의 노래 실력은 사실 부끄러운 수준이었는데, 노래 실력보다 민망했던 건 자기 노래에 혼자 취해 있는 동이 씨의 표정이었다. 동이 씨는 자기가 어떤 소리를 내는지 몰랐던 게 분명하다. 아니, 실은 사람들 대부분이 자기 목소리를 모른 채로 살아간다. 우리가 내는 목소리는 입 밖으로 나가 공기를 진동시켜 다른 사람의 귀로 전달되지만, 자기가 듣는 목소리는 달팽이관을 통해 듣게 된다고 들었다. 결국 내 것이라고 믿는 그 목소리는 착각일 수밖에 없다고. 그런데 또 한편으로는 뭐가 진짜인지 모르겠다. 전달되는 목소리가 진짜인지, 달팽이관을 통과하는 그게 진짜인지.

다음 세상에는 노래랑 외국어를 잘하는 사람으로 태

어나고 싶어.

동이 씨는 종종 말했다.

지금 동이 씨는 달팽이관을 통과하는 목소리를 듣고 있을 것이다. 동이 씨가 듣는 동이 씨의 목소리가 궁금했다. 동이 씨의 얼굴에 내 귀를 가만히 맞대면 들리려나? 그러고 보니 동이 씨는 내 얼굴에 귀를 가져다 대고 그 노래를 흥얼거렸던 것 같다. 어릴 때 내가 울거나 아팠을 때, 동이 씨의 귀가 내 얼굴에 딱 붙어 있었다. 조금 자라서 대학에 떨어졌을 때나 남자한테 차였을 때, 애인과 헤어졌을 때는 방문 저편에서 귀를 붙이고 가만히 그 노래를 불렀다. 이히리베디히로 시작하는 노래.

무슨 뜻인지는 알고 불러?

내가 물으면 동이 씨는 말했다.

보이지 않는 사랑.

버스 안에서 내내 울던 동이 씨는 버스에서 내려 집으로 가는 길에 내내 짜증을 냈다. 길이 가파르다, 왜 이런 곳에 집을 구했냐, 머리가 어디 모자란 게 분명하다. 동이 씨가 그런 말을 할 때면 심장도 모자라고 머리도 모자라는 내가 원하는 것은 딱 하나, 귀가 모자라는 것. 세상의 모든 말이 핵심 없는 껍데기이고 소음 같아서 차라리 안 들리면 좋겠다. 껍데기가 나풀대지 않는 세계는 얼마나 고요할까.

집에 도착해서 동이 씨는 가방에서 김밥부터 꺼냈다. 플라스틱 통의 뚜껑을 열자 약간 쉰 냄새가 올라왔다.

쉬었나?

동이 씨가 냄새를 맡다가 한 알을 집어 먹었다.
아이고, 쉬었네.
동이 씨가 김밥을 뱉었다.
이 여름에 누가 김밥을 싸 와.
동이 씨가 울상을 지었다. 동이 씨는 마지못해 상한 김밥을 버리고 설거지를 하며 괜히 화를 냈다. 구실은 다양했으나 요점은 좋은 집 놔두고 내가 너무 먼 곳에 산다는 것이었다.
엄마, 여기도 먹을 데 많아.
괜한 말을 했다가 동이 씨의 기분만 상하게 했다. 동이 씨가 눈을 흘겼다. 동이 씨는 화난 사람처럼 부산스럽게 움직이며 집을 치우기 시작했다. 다음에 올 때는 김밥 재료를 들고 와서 집에서 말겠다고 했다. 동이 씨에게는 늘 다음이 있고, 나는 그런 동이 씨가 참 다행이다 싶으면서도 동이 씨의 다음이 징그럽게 느껴졌다. 다음과 그다음, 또 다음의 다음까지 얼마나 많이 실패해야 직성이 풀릴까. 이제 동이 씨는 걸레를 들고 방바닥을 닦기 시작했다. 내 작은 방이 순식간에 동이 씨의 집이 된 것 같았다. 커튼 하나만 달면 영락없는 그 집이었다. 동이 씨가 냉장고 문을 열며 말했다.
집에서 밥 안 먹어?
사 먹어. 구내식당에서도 먹고.
그래도 된장은 있네. 딸, 집에 된장은 있어야 해.
된장밖에 없어.
내 말에 동이 씨가 활짝 웃었다.

그럴 줄 알고 다 가져왔어.

동이 씨의 하나뿐인 명품 가방에서 반찬통이 또 몇 개 나왔다. 그 안에는 밑반찬과 미리 썰어놓은 양파와 마늘, 호박과 멸치가 있었고, 동이 씨는 기어이 된장국을 끓였다. 보글보글 끓는 된장국 소리와 냄새가 순식간에 화장품 가게에 달린 안채로 나를 데려다 놓았다. 방 두 개, 욕실과 주방, 동이 씨와 나, 지나치게 슬프고 비장한 가요가 흐르던 우리 둘만의 세계로.

너는 우리 집이 왜 싫어? 나 때문에 그래?

된장국을 후루룩 마시면서 동이 씨가 물었다.

누가 싫다고 그랬어?

싫어하는 거 다 알아. 내 딸인데 내가 모를까.

엄마 그건…… 설명하자면 엄마 이름 같은 거야. 엄마는 백동이라는 이름이 좋아?

너무 싫지.

그런 거야. 나도.

슬프네.

동이 씨가 하나도 슬프지 않은 얼굴로 말했다. 동이 씨의 슬프지 않은 얼굴이 동이 씨의 눈물보다 내 가슴을 철렁하게 했다.

우리는 한동안 말없이 밥을 먹었다.

티브이 없어?

동이 씨가 침묵을 깨고 물었다.

없어.

왜?

티브이를 안 보니까.
딸, 티브이가 없으면 외롭지 않을까?
동이 씨가 물었다.
요즘은 노트북이나 휴대폰으로 보잖아.
나는 네가 없어서 티브이를 더 많이 봐.
동이 씨가 말했다.
밖에 나갈 때도 틀어놔.
동이 씨가 식탁을 치우며 말했다.
혹시 티브이 또 틀어놓고 왔어?
내가 물었다.
응. 물고기들이 있잖아.
동이 씨가 웃었다.

어쩌면 좋을까, 우리 동이 씨를. 뒤돌아 누워 있는 동이 씨의 둥근 등을 보며 생각했다. 어쩌면 좋을까, 너를. 동이 씨가 잠꼬대처럼 말했지만 자지 않는 게 분명했다. 동이 씨는 잠을 잘 자지 못했다. 옛날부터 그랬다. 밤에도 형광등을 환하게 켜놓아야 겨우 선잠을 잤고, 나는 그 형광등 때문에 잠을 설쳤다. 어릴 때 딱 한 번 물어본 적 있다. 왜 불을 켜고 자냐고. 동이 씨는 무섭다고 했다. 뭐가 무서운지 물어보지 않았다. 어른이 돼도 무서운 게 있다는 사실이 귀신이나 도둑보다 더 무서웠으니까. 자라면 다 괜찮을 줄 알았던 열 살에는 그랬다.

불 켜줄까?
동이 씨에게 물었다.
그냥 자. 너 출근해야 하잖아.

나 환해도 잘 자.

그럼 그럴까?

나는 자리에서 일어나 불을 켰다. 백색 형광등에 불이 들어온 순간, 동이 씨의 몸이 왜 그렇게 자그마하게 보이던지.

나는 동이 씨 옆에 누워 천장을 봤다.

유튜브 틀어도 돼?

동이 씨가 물었다.

응.

뭐 보려고?

아니. 너무 조용해서. 촌이라 그런가 조용하다.

여기도 도시야.

이런 데가 무슨 도시야. 촌구석이지.

동이 씨는 자리에서 일어나 가방에서 안경을 꺼내더니 바닥에 앉았다. 침대가 비좁다고 했다. 동이 씨는 날이 더워서 바닥에서 자는 게 낫다고 했다. 바닥에 누운 동이 씨는 그제야 편안해 보였다. 동이 씨가 휴대폰을 켰다. 사람들은 죄다 휴대폰만 보고 다니지만, 동이 씨는 아직 티브이가 좋다고 했다. 손바닥만 한 화면이 뭐가 좋은지 모르겠다던 동이 씨는 내 방을 다시 한번 쓱 보고 그래도 집에는 티브이가 있어야 한다고, 뉴스도 보고 해야 사람이 뒤처지지 않는다고 했다. 나는 동이 씨가 유튜브를 보는 동안 잠을 포기하고 책을 펼쳤다. 아직 다 읽지 못한 이 책을 내일 돌려줘야 하나 말아야 하나 고민하면서. 아직은 주고 싶지 않았다.

동이 씨는 뭘 읽느냐고 물었다. 나는 다 읽지 않은 책을 뭐라고 설명해야 할지 몰라 독일에서 살았던 여자의 이야기를 읽는다고 했다.

나도 독일어 아는데.

동이 씨가 말했다.

잘 아시겠지.

나도 모르게 실소가 나왔다.

이히 리베 디히.

아휴, 그건 잊어버리지도 않아.

나는 귀를 막고 돌아누웠다.

동이 씨가 웃었다.

그때는 그게 제일 지적인 노래였어.

동이 씨가 말했다.

너는 어쩜 노래를 좋아해도 그런 노래를 좋아하는가 싶었고.

좋아한 거 아니라니까.

동이 씨는 뭐가 좋은지 실실 웃으며 자기도 독일에서 살아보고 싶다고 했다. 독일에서 살면 다를 것 같다고.

뭐가 달랐을 것 같은데?

나는 동이 씨에게 물었다.

독일어를 잘했겠지.

독일어를 잘하면?

다른 사람처럼 살지 않았겠니?

독일어를 잘하면 엄마가 다른 사람이 되는 거야?

내 말에 동이 씨는 눈을 깜빡이며 말했다.

옛날에 티브이에서 봤는데, 언어가 다르면 생각하는 방식이 달라진대. 생각하는 방식이 다르면 다른 사람이 되는 거 아니야?

나는 나와 꼭 닮은 동이 씨의 얼굴을 보며 물었다.

다른 사람이 되고 싶어?

아니, 이제 와서 뭘…… 다 늙었는데.

그래, 이제 와서 뭘 그래…… 그냥 살아.

아니야, 그래도 그냥 살진 않을 거야.

그러면?

조금만, 아주 조금만 더 잘 살 거야.

나와 너무 다른 동이 씨의 말에 입을 다물었다. 방 안에 유튜브 광고 소리가 들렸다. 동이 씨는 휴대폰을 꼭 쥐고 화면을 바라봤고, 나는 다시 책으로 시선을 옮겼다. "존재에 앓고 있다"는 문장이 눈에 들어왔다. 존재에 앓는다는 건 뭘까. 절실하고 긴박하게 생과 사를 집요하게 생각한다는 것, 그런 게 가능한 삶은 어떤 것일까.

엄마, 엄마에게 절실하고 긴박한 건 뭐였어?

나는 동이 씨에게 물었다.

먹고사는 거.

동이 씨의 답은 단순명료했다.

너는?

나도 비슷하지.

아닌 사람도 있더냐?

있나 봐.

동이 씨와 나는 웃음을 터뜨렸다.

그런데 엄마는 뭘 보는 거야?

너네 집 물고기가 자꾸 죽는 이유.

동이 씨가 진지하게 답했다.

뭐라고?

제목이 그거야. 너네 집 물고기가 자꾸 죽는 이유.

동이 씨는 휴대폰에서 눈을 떼지 않았다.

엄마, 인제 그만 키워. 뭘 자꾸 키워. 그냥 엄마나 잘 돌보고 살아.

그러자 동이 씨가 말했다.

다시 키워보고 싶어. 이번에는 잘할 수 있을 것 같아.

나는 동이 씨의 말을 들으면서 정말 이번에는 동이 씨가 그럴 수 있기를 바랐다. 그게 뭐든 다시 해보면 잘할 수 있을까?

잠들기 전에 "생을 사는 하나의 방법, 이렇게 한 여자는 걸어갔다"는 문장을 읽었다. 그러면서 한 여자가 멀리 걸어가는 모습을 상상했다. 그 여자가 뒤돌아보는 순간, 나는 여자의 얼굴에서 전혜린이었다가 니나였다가 조금은 동이 씨이기도 한 얼굴을 봤다. 꿈이었나? 잠에서 깼을 때는 형광등 불빛이 환했고, 수족관을 연상시키는 음악이 들렸다.

엄마, 자?

동이 씨는 아무 말이 없었다. 숨소리만 가만히 들렸다. 동이 씨의 숨소리를 들으며 다시 눈을 감았는데, 꿈속에서 물고기가 나왔다. 아니, 내가 물고기가 되었던가.

잘 잤니?

눈을 떴을 때, 동이 씨는 이미 돌아갈 준비를 마치고 식탁 앞에 앉아 있었다. 어슴푸레한 새벽빛이 창 너머로 들어왔다. 형광등은 꺼져 있었다.

뭐 해?

내가 묻자 동이 씨는 일찍 올라가겠다고 했다. 출근해야 하는데 방해가 될 것 같다고. 역까지 데려다주고 출근해도 된다는 말에 엄마는 한사코 싫다고 했다. 나는 침대에서 기어 나와 겨우 양치질을 하고 물을 한 모금 마시고 그냥 가겠다는 동이 씨의 가방을 들고 함께 따라 나섰다. 길도 모르는 동이 씨가 앞장섰다.

동이 씨, 길 알아?

이름 부르지 마. 나 내 이름 싫어.

동이 씨가 돌아보며 말했다.

엄마, 엄마가 이모들처럼 금이나 은이면 달랐을 것 같아?

아무렴 동이보다는 낫겠지.

동이 씨는 진심이었다.

금이 이모랑 은이 이모는 별일 없지?

내가 그렇게 묻자, 동이 씨가 걸음을 멈추더니 시무룩한 얼굴로 말했다.

참, 금이 이모 아프대. 연락 한번 해.

어디?

몰라. 검사한다고 했어.

왜?

원래 팔자 편한 여자들이 잘 아파.
동이 씨의 얼굴이 어두웠다.
동이 씨가 제일 튼튼하지?
내가 묻자, 동이 씨가 입을 삐죽거렸다.
언니들이 그랬다. 튼튼해서 애도 잘 낳았다고.
비꼰 거야?
그런 거지.
내가 화근이네.
내 말에 동이 씨가 등짝을 때렸다.
그런 말 하지 마.
실수로 태어났다며. 어릴 때 맨날 그 소리 하더니.
지켜진 아이라니까.
엄마, 연예인들이 하는 말 좀 따라 하지 마.
나는 짜증을 내며 말했다.
야, 너라면 잘할 것 같지?
자존심이 상한 동이 씨가 성질을 냈다.
나라면 그런 소리는 안 하지.
그러면?
난 안 키워. 아무도 안 키워.
동이 씨는 분하다는 표정을 지었다.
시집가고 난 후에 이야기하자.
나는 말을 더 보태지 않았다. 거기서 마무리하는 게 최선이다. 마침 택시가 보였다.
진짜 혼자 갈 수 있겠어?
웃기는 애네. 언제는 내가 혼자 안 했니?

동이 씨가 계속 화를 냈다.

그래. 엄마는 모든 걸 혼자서 했겠네.

그제야 동이 씨가 조금 누그러진 듯했다.

택시가 섰고, 우리는 서로를 안아주지 못하고 어색하게 서 있다가 헤어졌다.

잘 가. 내 걱정 하지 말고.

잘 있어. 엄마 걱정 하지 말고.

엄마가 갔다. 하나도 슬플 일이 없는데 속에서 몇 번씩이나 울컥하는 게 올라왔다. 뭘까? 이런 마음은. 써볼까? 쓰고 나면 선명해진다고 했는데. 아닐 것 같다. 이건 영원히 모를 것 같다.

나는 동이 씨한테 하지 못했던 말을 혼자 중얼거리며 오르막을 올랐다.

엄마, 나는 그냥 키울 거야. 너를 키우는 게 너무도 당연하고, 너는 그저 온당한 존재라고 말하지 않아도 느낄 수 있도록.

그런데 그런 날이 올까? 너무 먼 미래라서, 너무 멀어서 또 끝까지 가보지 못할 것 같다.

*

하루 종일 화가 잔뜩 난 사람들의 전화를 받았다. 모두의 기분이 한쪽으로 쏠리는 날이 있다. 어떤 날은 세상에 슬픈 사람밖에 없는 것 같고, 또 어떤 날은 억울한 사람뿐이다. 물론 행복하거나 기쁜 사람은 없다. 그런 사람들은 내게 전화하지 않으니까. 전화를 받다 보면 아이러니하게도 내가 언제 기뻤는지 헤아려보게 된다. 그런 날은 뭘 했는지, 누굴 찾았는지. 화가 나거나 슬픈 날은 선명하게 기억하는데, 기쁜 날은 잘 생각나지 않는다. 언제, 어디서 모두 휘발되어버렸을까. 감정에 무게가 있다면 아마도 기쁨이 가장 가벼울 것 같다. 그래서 오래 머무르지 못하고 금세 사라지는 게 아닐까.

　화가 난 사람들과 오랫동안 통화를 하면 손가락 끝으로 힘이 다 빠져나간다. 얼굴 근육이 떨리기도 하고. 그럴 때면 자리에서 일어나 손을 탈탈 턴다. 동이 씨에게 배운 거다. 화장품을 팔면서 마사지도 했던 동이 씨는 집안에 우환이 있거나 건강이 안 좋은 손님들을 만지고 나면 집에 돌아와 손을 박박 씻고 열심히 털었다. 기운은 옮는 거라고 했다. 미신 같은데 나도 모르게 따라 하게 된다. 힘에 부치는 날에는 들었던 이야기를 탈탈 턴다. 들었던 말들이 흩어져 공기를 떠돌다 휘발되면 좋겠다. 내 안에 쌓이지 않고. 한 장소에 사람들의 시간이 쌓이는 것처럼 내 안에 내가 보낸 시간이 쌓인다면 나는 그걸 안고 살아갈 자신이 없다. 그래서 살던 곳을 떠나 여기에 온 것이다. 아무것도 쌓인 것이 없는 사람처럼 다시 시작하고 싶어서.

　퇴근을 하고 버스를 탔다. 버스에서 창밖을 바라보던 동이 씨의 얼굴이 떠올랐다. 아무것도 쌓고 싶지 않지만, 내가 나이기 때문에 어쩔 수 없이 따라오는 것들이 있다. 동이 씨의 얼굴, 그리고 내 얼굴도 동이 씨를 닮아 비슷한 표정을 짓고 있으리라는 짐작과 염려. 언젠가 애인에게 물어본 적이 있다.

내가 지쳐 보여?

애인은 고개를 끄덕였다.

언제?

대체로 늘.

그때 애인은 내 눈을 피하며 말했다.

우리는 왜 만났을까?

그런 생각을 하며 멍하니 앉아 있다가 주공 아파트 앞에서 허겁지겁 내렸다. 한 정거장 더 갔어도 됐는데, 나도 모르게 지난번과 똑같은 자리에서 내려버렸다. 그새 습관이란 게 생기는 걸까. 버스는 노인 몇 명을 태우고 다시 출발했다.

지난주보다 조금 더 더워졌다. 습도도 높아졌다. 주공 아파트 울타리 너머로 능소화가 흐드러지게 폈다.

하늘로 올라가는 꽃이라서 능소화래요. 하늘로 올라가기는커녕 땅으로 고꾸라질 것 같은데.

고개를 돌려보니 니나가 있었다.

같이 가요.

니나가 말했다.

우리는 나란히 걸었다. 공기가 무거웠고 아스팔트는 뜨거웠다. 니나가 담배를 피울 때, 담배 연기가 위로 올라가지 않고 내게 달려들었는데, 그게 싫지 않았다. 담배 냄새가 아니라 초콜릿 향 같은 게 났다.

담배에서 초콜릿 향이 나요.

내 말에 니나가 고개를 갸우뚱했다.

그런가요? 난 잘 모르겠는데. 맨날 피우는 거라서. 끌까요?

아니요. 괜찮아요.

나는 정말 괜찮았다.

독일에 있을 때, 부잣집 애들만 피우는 담배가 있었어요. 다른 담배보다 조금 더 비쌌고 더 길었는데 초콜릿 향이 나는 담배로 유명했죠. 갑자기 그 담배가 생각나네요.

니나가 웃었다.

니나는 독일에서 유학하던 시절의 이야기를 들려줬다. 전혜린이 좋아서 슈방빙에 방을 얻으려고 했다가 같은 한국인에게 사기를 당했던 일과 맥주 맛, 가을에 그 거리를 걸으면 온몸을 휘감는 스산한 공기와 가을 냄새가 너무 좋았다는 이야기.

뮌헨에 가보고 싶었어요.

니나의 이야기를 듣다가 나도 모르게 말해버렸다.

왜 뮌헨이었을까요?

네?

아니, 희수 씨 말고, 글 속의 두 사람이요. 왜 그렇게 뮌헨에 가고 싶어 했을까요?

글쎄요.

우리는 한동안 말없이 걸었다.

그런데 저는 뮌헨에 가보고 싶어 했던 게 아니라 그리워했던 것 같아요.

희수 씨요?

아니요. 그 두 사람이요.

글 속의 연인?

네. 한 번도 가본 적 없지만 그건 그냥 그리움이었던 것 같아요. 조금 이상한 말이긴 한데…….

그런 마음, 나도 알아요. 한 번도 만난 적 없는 누군가 혹은 되어본 적 없는 나를 그리워하는 마음.

그런 마음을 알아요?

나는 조금 놀라서 물었다.

페른베, 그걸 독일어로 페른베라고 해요.

페른베요?

먼 곳을 향한 동경 같은 건데요, 전혜린은 먼 데에 대한 그리움이라고 번역했어요. 여기 아닌 다른 곳을 향한 마음 같아요. 만날 수 없어도, 갈 수 없어도 나도 모르게 향하는 마음 같기도 하고. 나는 그런 마음을 나한테 느껴요. 여기 아닌 어딘가에 진짜 내가 있을 것만 같거든요. 그런 나를 그리워하고 있고.

니나가 능소화를 보며 말했다.

니나는 어떤 니나를 만나고 싶어요?

나는 용기 내어 물었다.

잘 모르겠어요. 지금보다는 조금 나은 나였으면 좋겠는데.

나는 니나의 대답에 무슨 말을 보태야 할지 몰라 입을 다물었다.

우리는 요양병원을 지나 시월에 도착했다. 무더위 탓

인지 개미 한 마리도 지나가지 않았다. 지난번에 봤던 노인도 없었다. 그러고 보니 오늘은 정말 숨을 그늘이 없다.

시월의 문을 열자 뜨거운 바람이 달려들었다.

에어컨 안 틀었어?

니나가 텅 빈 카운터를 향해 소리쳤다.

고장 났어.

카페 구석, 빈 좌석에 앉아 있던 승호 씨가 자리를 털고 일어나며 대답했다.

에어컨 없이 장사를 하려고?

나는 버틸 만해.

승호 씨가 덤덤하게 말했다.

너는 버티지만 손님들은 힘들지 않을까?

두 사람이 첫 손님이야. 또 누가 올까?

승호 씨는 슬프고 웃긴 연극의 주인공처럼 말했다.

우리는 차마 그냥 나갈 수 없어 아이스아메리카노를 주문했다. 승호 씨는 땀을 줄줄 흘리며 커피를 내렸다. 그는 아이스아메리카노 석 잔을 만들었다.

오늘 네 잔째야.

승호 씨가 니나에게 말했다.

우리는 커피를 받아 들고 잠시 가만히 서 있었다. 바로 나가자니 어쩐지 아군을 더위라는 적군의 소굴에 버려두고 가는 기분이었고, 그렇다고 남아 있기에는 곧 폭탄이 떨어져 모두 전멸할 것 같았다.

내가 곤란한 표정을 짓자 니나는 내 팔목을 잡아끌었다.

우린 갈게.

승호 씨는 조금 서운한 표정을 지으며, 그렇지만 이해한다는 얼굴로 고개를 끄덕이며 말했다.

고마워.

승호야, 조금 덜 애쓰면 어떨까?

니나가 말했다.

승호 씨는 아무 말 없이 그냥 미소를 지었다. 어른은 정말 외로울 때 미소를 짓는다는 걸 안다.

그냥 문을 닫으시는 게 좋지 않을까요?

밖으로 나오자마자 묻는 내게 니나는 쓸쓸한 표정을 지으며 대답했다.

승호는 지금 싸우는 거예요.

더위와 싸우는 걸까? 그렇게 멍청한 사람일 리는 없다. 그건 아닌 것 같은데.

설마 세상과 싸우는 중이에요?

그런 거랑 비슷해요.

니나가 한숨을 쉬며 말했다.

니나는 내게 책에서 읽었다는 오래된 나무 이야기를 들려줬다. 벌목꾼들이 휩쓸고 간 숲속에서 유일하게 살아남은 나무가 있었다. 수백 년 동안 인간이 숲에 있는 모든 나무를 베어 갔는데 유일하게 버텨낸 그 나무는 어느 순간 저항의 상징이 됐다. 사실은 벌목하기 힘든 곳에 뒤틀려 자란 나무였을 뿐인데. 니나는 시월이 그 나무 같은 것이라고 했다. 사람의 발길이 닿지 않는 곳에서 뒤틀려 자란 나무. 시월의 주인은 그냥 그 자리에 있는 것만으로도 누군가에게는 저항이 되고, 변하지 않는 것의 상징이 된다는 것을 알고 있는 거라고.

그러면 어떻게 먹고살아요?

내가 묻자 니나가 말했다.

그게 문제죠.

누구를 위한 일일까요?

내 물음에 니나는 생각에 잠겼다.

아직 도달하지 않은 나를 위해서라고 해두죠. 남을 위해서라고 하면 위선 같으니까. 그래서 승호가 얌전해 보여도 속에 화가 많아요.

그 말을 듣고 온종일 전화기 너머에서 내게 화를 내던 사람들을 떠올렸다. 아니, 그 사람들을 떠올릴 수 없어서 승호 씨를 상상했다. 그가 어딘가에서 웅크리고 앉아 휴대폰을 붙잡고 화를 내거나 징징거리고 있는 모습을. 그렇게 생각하니 내가 쓰레기라고 치부했던 몇몇 목소리들이 조금 용서 됐다. 다들 저마다의 싸움을 벌이다가 얻어터져 울고 있는 거라고. 화를 낸 게 아니라 울고 있었던 거라고, 그 목소리들에 측은한 얼굴이 있다고 생각하면 참을 만했다.

니나가 우아하고 완벽한 곡선의 문을 열자 전희수가 큰 소리로 인사했다. 전희수가 머리를 잘랐다. 엄청 짧게. 창가에서부터 번지는 여름의 빛이 희수를 환하게 감쌌다. 희수의 아름다움을 어떻게 설명하면 좋을까. 초여름의 빛과 색을 닮았다. 가져본 적 없으나 그리워하게 되는 환한 여름의 그것. 나는 희수에게서 눈을 떼지 못했다.

희수 님.

희수가 나를 불렀다. 로컬 활동을 하는 사람들은 서로의 이름을 부를 때 '님'자를 붙이는데, 나는 그게 조금 어색했다.

잘 지내셨어요?

생글생글 웃는 희수 앞에서 나는 경직됐다. 전희수와 나 사이에는 희수는 모르고 나만 아는 세상이 있는 것 같다. 혹은 전희수는 알지만 나는 모르는 세상이 있달까. 나는 희수와 적당히 거리를 두고 자리에 앉았다. 사람들이 하나둘씩 도착했다. 희수는 사람들에게 글쓰기가 너무 어렵다고 말했고, 모두 희수의 말에 동의했다. 하지만 이렇게 어려운 일을 왜 굳이 하는지 이유를 밝히는 사람은 아무도 없었다.

두 사람씩 써 온 글을 발표했다. 모두 짧은 소설이었고, 대체로 지난번보다 더 흥미로웠다. 희수가 쓴 소설은 어느 날 어항 속 물고기가 되어버린 아버지의 이야기였다. 희수와 짝이 된 사람은 무능한 아버지와 단둘이 살아가는 화자의 지리멸렬한 삶을 그리다가 그의 아버지가 물고기가 되어버린 지점에서 글을 마무리했고, 전희수가 그 뒷이야기를 썼다. 희수의 이야기 속 화자는 평소에 아버지를 좋아하지 않아서 아버지가 물고기가 되어버린 것에 커다란 슬픔을 느끼진 않았다. 그는 오히려 아버지가 아무 말도 하지 않고, 사고도 치지 않고 어항 속에 갇혀 있는 게 다행이라 생각했다. 하지만 이따금 학교에서 집으로 돌아오면 물속에 덩그러니 남아 헤엄치는 물고기를 보며 눈물을 흘리기도 했는데, 그게 아버지가 불쌍해서인지, 입만 벙긋거리는 물고기와 함께 살아가야 하는 자신의 신세가 처량해서인지 알 수 없다고 말했다. 한번은 화자의 꿈속에 물고기가 나와 말을 걸기도 했다.

돌아가고 싶어.

화자는 물고기가 말하는 꿈을 악몽이라고 생각했다. 악몽이 반복되자 화자는 물고기가 된 아버지를 원래의 아버지로 되돌리는 방향을 고심했다. 점쟁이를 찾아가기도 하고, 굿으로 돈을 날리기도 했다. 그러다 점차 마음이 불안해져 심리상담을 받았고, 마침내 물고기, 즉 물고기를 키우는 법을 공부하기로 결심했다. 화자는 물고기를 알아가기 시작했다. 어떤 먹이를 줘야 하는지, 어항 청소는 얼마나 자주 해야 하는지. 화자의 노력 덕분에 물고기는 아프지 않고 잘 자랐다. 화자는 작은 어항이 바다가 되는 기쁨을 느꼈다. 어느새 화자는 아버지와 나눈 적 없는 대화를 물고기와 나누기 시작했다. 화자가 인사를 건네면 물고기는 거품으로 화답했고, 화자가 애정을 표현하면 물고기는 우아하게 곡선을 그리며 헤엄치기도 했다.

화자는 매일 밤 물고기에게 말했다.

아버지, 어쩌면 우리에게는 지금, 이 순간이 전부인지도 몰라요.

화자의 말에 물고기가 입을 벙긋거렸다는 독백으로 소설이 끝났다.

그 소설을 듣는 내내 내가 얼마나 갈등했는지 전희수는 모를 것이다. 나는 진심으로 엄마가 물고기가 되는 상상을 하며 들었다. 내가 그 물고기를 죽일까 봐 겁났다. 소설이란 게 뭘까. 거짓말인데 진짜 같고, 진짜 같은데 다 거짓인 이야기가 아닌가? 그 안에 진짜 희수의 이야기는 얼마나 될까? 나는 희수라면 물고기가 된 아버지를 위해 어항 청소를 하고, 물고기 밥을 제때 주며 키울 수 있을 거라고 생각했다. 나라면 어땠을까. 언젠가 그 어항을 깨버렸을까?

니나와 나의 차례가 왔다. 나는 니나에게 낭독을 부탁했다. 도저히 떨려서 읽을 수 없었다. 니나는 차분한 저음으로 내가 쓴 글을 읽기 시작했다. 너무 평범해서 이런 게 소설이 될까 싶은 두 연인의 이야기가 초반부에 펼쳐졌다. 내가 제일 잘 아는 이야기인데, 니나의 음성으로 듣는 순간, 아주 먼 곳에 사는 모르는 사람들의 일처럼 느껴졌다.

저런 사람들이 있구나, 참 바보 같은 사람들이네, 속이 텅 빈 껍데기로, 관성대로 사는 두 사람에게 주고받을 마음이란 게 있기나 할까……, 마치 남의 이야기처럼 그런 생각을 하며 들었다. 내가 쓴 이야기가 끝나고 니나의 글이 이어졌다.

두 연인은 차 안에서 말없이 앉아 있었다. 눈이 오기 시작했다. 처음에는 천천히 고요하게 내리던 눈송이가 갑자기 굵어졌다. 남자는 고속도로에 갇히면 안 된다고 가까운 서천으로 방향을 돌렸다. 이럴 때는 시내로 들어가는 게 좋다고 했다. 여자는 아무 말 없이 남자가 하자는 대로 했다. 여자는 남자에게 서천에 가봤냐고 물었고, 남자는 처음이라고 대답했다. 서천에 들어섰을 때, 낡은 차의 내비게이션 화면이 검게 변했다. 남자의 휴대폰은 방전됐고 여자의 휴대폰은 터지지 않았다. 두 사람은 낯선 시골길을 달리다가 눈이 너무 거세지자 차를 세웠다. 둘은 차 안에서 한참을 머물렀지만 눈은 그치지 않았다. 답답해진 여자가 먼저 걷자고 했다. 여자는 문을 연 편의점이 있을 것이라고 간단히 요기라도 하자고 했다. 그렇게 두 사람은 눈 속을 걷기 시작했다. 드문드문 서 있는 가로등과 가로등 불빛 사이로 미친 듯 날리는 눈송이가 보였다. 남자는 걷다가 웃음을 터뜨렸다. 영화 속에서 봤던 장면 같다고 했다. 또 영화 속에서는 로맨틱한 일들이 현실에서는 왜 이렇게 고된지 모르겠다고 말했다. 여자는 티브이에서 봤던 뮌헨의 거리에도 이렇게 눈이 오지 않았느냐고 물었고, 남자는 그랬던 것 같은데…… 하며 말을 흐렸다. 뭐가 다를까? 여자가 묻자, 남자는 그들이 많이 지치고 피곤해서 그런 것이라고 했다. 여자와 남자는 눈 속에서 편의점을 찾아 걸었으나 아무것도 보이지 않았다. 그들은 추웠고 몸을 움츠렸다. 남자는 여자에게 추운지 물었고 여자는 조금 그렇다고 대답했지만, 두 사람은 아무것도 하지 않았다. 서로의 몸을 끌어안거나 손을 잡아주는 일도 없었다. 걷던 대로 걸었을 뿐이다. 여자는 남자에게 그들이 함께 스키장에 가본 적이 없고, 겨울 등산을 해본 적이 없으며, 겨울 바다는 본 적이 있으나 차를 타고 그냥 지나간 것밖에 기억나지 않는다고 말했다. 남자는 여자에게 함께 보고 싶었던 영화가 있었다고 했다. 몇 년 전에 극장에 나왔는데 놓친 게 아쉽다고 했다. 재개봉을 할지도 모른다고 여자가 말하자 남자가 그럴지도 모른다고 말하며 고개를 끄덕였다. 두 사람은 한동안 아무 말도 하지 않았다. 서천의 어느 시골길에서 눈밭을 헤매며 그 둘은 6년 동안 하고 싶었는데 하지 못했던 일들을 이야기했다. 그 사이에 눈은 서서히 멈췄고 그들은 꽁꽁 얼어붙은 채로 차로 돌아와 히터를 켜고 몸을 녹였다. 두 사람은 아무래도 해남까지 가는 건 무리라고 결론을 내렸다. 그들은 서울로 차를 돌렸다. 돌아가는 차 안에서 남자는 오래전에 여자가 보고 싶어 했던 겨울 바다 앞에서 차를 세우지 않고 그냥 지나친 일에 대해 사과했다. 그는 그날은 날씨가 좋지 않았고 너무 피로했다고 말했다. 여자는 이해한다고 했다. 우리는 너무 빨리 지치는 게 문제라고도 말했다. 여자는 남자가 보고 싶어 했던 영화를 함께 보지 못했던 것을 사과했다. 그 당시 막 취직했던 여자는 회사에 적응하는 게 우선이었고 영화를 볼 여유가 없었다고 설명했다. 남자는 괜찮다고, 여자의 말처럼 언젠가 재개봉할지도 모른다고 말했다. "그때는 내가 없겠지?" 여자가 그렇게 말했을 때, 남자는 아무 대답도 하지 않았다. 긴 침묵이 이어졌다. 서울로 돌아와 두 사람은 이전과 다름없는 만남을 두 번 가졌다. 두 번 중에 한 번은 남자의 집에서 섹스를 했고, 다른 한 번은 섹스를 하지 않고 영화 한 편을 보고 함께 잠들었다. 두 사람은 정확히 두 달 후에 헤어졌다. 헤어지는 일은 생각보다 그리 어렵지 않았다. 그날은 남자가 여자를 만나러 서울에 왔다. 그들은 카페에서 커피를 마시고 나와 찬 바람을 맞으며 그만 만나자고 동시에 말했고, 둘 다 고개를 끄덕였다. 남자는 지하철을 타고 집에 돌아가는 길에 여자가 매번 그렇게 먼 길을 왔다는 사실에 새삼 미안해졌다. 남자는 다행이라고 생각했다. 이제 여자가 이 먼 길을 오지 않아도 되니까. 여자는 집으로 곧장 돌아가지 않고 추운 거리를 걸었다. 지금 집으로 돌아가면 저녁과 밤이 너무 길 것 같았다. 여자는 어디로 가야 할지 몰라 한동안 헤매다가 버스를 탔다. 여자가 탄 버스는 여자의 집과 정반대 방향으로 하염없이 달렸다. 여자는 처음으로 멀리 가보고 싶다고 생각했다. 갈 수 있을 것 같았다.

나는 니나가 읽어주는 소설을 들으며 나와 애인을 떠올렸다가 니나와 어떤 남자를 상상했다가 다시 완전히 모르는 사람들의 모습을 그렸다. 그건 나와 애인이 주인공인 이야기 안에서 우리가 서서히 지워지는 신기한 경험이었다. 니나의 낭독이 끝나자 사람들이 손뼉을 쳤다. 나는 그 박수 소리가 나와 애인, 우리의 완전한 퇴장처럼 느껴졌다. 나와 니나가 쓴 글은 나와 애인의 이야기에서 시작해서 완전히 다른 이야기가 됐고, 이제 우리는 없고, 지쳐서 헤어진 어느 연인들의 이야기만 남았다.

너무 서운해요.

전희수가 말했다.

뭐가 서운하냐고 묻는 니나의 말에 희수는 그냥 다 서운하다고 했다. 이제 그 사람들은 어떻게 사느냐고 물었다.

어떻게 살고 있을까요?

니나가 희수의 물음을 내게 건넸다.

어떻게 살고 있을까. 나는 선뜻 대답하지 못했다. 헤어진 연인의 이후의 삶을 다루는 이야기는 많이 없으니까. 어떻게 대답해야 소설의 결말을 해치지 않을 수 있을까. 내가 대답을 못 하자, 누군가가 두 사람이 다시 만날지도 모른다고 말했다. 시간이 흐르고 서로가 조금씩 달라지고 성숙해져서 다시 만날 수 있지 않을까. 니나는 아무 말도 하지 않았고, 전희수가 고개를 저으며 말했다.

그건 안 될 것 같아요.

그러면 이 소설이 너무 별로일 것 같아요.

희수는 다시 말했다.

하지만 삶은 되게 별로인 소설 같기도 하잖아요.

니나는 그렇게 말했다.

희수는 조금 놀란 표정으로 니나에게 물었다.

그럴까요?

저는 이 두 주인공이 그럴 거라고 생각하지 않지만, 어떤 때는 삶이 되게 별로이고 쉬운 소설 같았으면 해요. 좋은 소설은 너무 많은 것을 알면서 말하지 않아야 하고, 이해되지 않는 것을 집요하게 물어야 하고, 아픈 것을 해부해야 하거든요. 그런데 그런 삶은 괴롭잖아요. 내가 좋아하는 작가는 좋은 소설 같은 삶을 살다가 죽었어요. 나는 때때로 그 사람이 아주 쉬운 소설 같은 삶을 살았으면 어땠을까 상상해요.

니나가 말했다.

그렇지만 그랬다가 텅 빈 껍데기로 살게 되면요?

말이 없던 내가 입을 열자 모두가 나를 바라봤다.

행복한 껍데기냐 불행한 핵심이냐가 문제네요.

니나는 장난스럽게 말했다.

여러분은요?

니나의 질문에 모두 웃었다. 행복한 핵심은 없는 거냐고 묻는 사람도 있었다. 그러다 누군가가 지금 우리가 문제를 복잡하게 바라보고 있는 것이라며, 이 이야기의 교훈은 장거리 연애는 하지 말자, 사랑할 때는 뜨겁게 하자, 라고 정리해줬다. 우리는 그의 말에 고개를 끄덕였다. 니나는 그것이야말로 행복한 핵심에 가깝다고 말했다.

집으로 돌아가는 버스 안에서 서천을 검색해봤다. 지난해 겨울, 서천에 20센티미터가량의 눈이 왔다는 기사를 읽었다. 나는 그곳의 겨울, 어딘가를 헤매고 있을 연인들을 상상했다. 손을 잡아주었으면 좋았을 텐데, 서운한 마음도 들었다. 눈발이 날리는 대신에 버스 창에 빗방울이 떨어졌다. 여기는 겨울이 아니라 여름이라는 사실을 실감했다. 장마가 길다.

*

빨래가 안 말라요. 그래서 짜증이 나서 미치겠어요.

오늘 첫 번째 상담 요청자는 중년의 여자였다. 거의 절규에 가까운 목소리였다. 여자는 빨래가 잘 마르지 않으면 냄새가 난다며, 그런 빨래 냄새를 아느냐고 물었다.

알아요, 그 냄새.

내 대답에 여자가 한숨을 쉬었다.

화장품 가게의 안채에서는 빨래가 잘 마르지 않았다. 햇빛은 모두 가게로 향했다. 통유리로 쏟아지는 빛, 그 환한 빛은 손님들과 화장품을 위한 것이었다. 반면 안채의 창은 너무 작았고, 그곳으로 들어오는 빛과 바람은 보잘것없어서 빨래를 말리지도 벽에서 피어나는 곰팡이를 저지하지도 못했다. 그 시절을 생각하면 빛과 바람도 힘이 없었던 것 같다. 너무 약한 것들이 모여 살아서 서로를 위해 해줄 수 있는 게 없었던 게 아닐까. 그런 곳에서 자라서 내가 이 모양인 것 같다. 늘 끝까지 가보지 못하고 지치는 사람인 게 그 집 탓인 것 같다.

여자의 마르지 않는 빨래를 향한 불만과 한탄을 20분 동안 들었다. 어차피 결론은 없는 이야기다. 여자는 빛이 잘 들어오는 집으로 이사 갈 수 없고, 빨래방은 멀고, 여자는 차가 없다. 여자에게는 아이가 있고, 아이는 학교에서 놀림을 받는다. 냄새 때문이다. 여자는 어떻게 냄새 때문에 사람을 싫어할 수 있는지 내게 물었다. 나는 당연히 말도 안 되는 일이라고 여자를 위로했지만, 사실 사람을 싫어하는 일은 너무 쉽다. 눈빛 때문에, 말이 많아서 혹은 말이 적어서 등등. 내가 싫어했던 사람들은 누구였고 무슨 이유 때문이었을까. 나는 우리 집 커튼을 열어젖히고 들어오는 엄마의 손님들이 싫었다. 손님들은 너무 말이 많았다. 방에 누워 있으면 커튼 사이로 새어 들어오던 그 쓸데없는 말들. 사람은 왜 저렇게 많은 말을 쏟아내며 살까, 그런 걸 궁금해했었는데. 그 말을 듣는 게, 누구보다 많은 말을 듣는 게 내 일이 됐다. 니나는 내가 들은 말들을 어떻게든 내보내야 한다고 했다. 쌓아두지 말고, 흘려보내야 한다고. 껍데기 같은 말을 품고 살면 내 속이 쓰레기장이 되어버린다고.

니나와 한 번 더 만났다. 에어컨이 나오지 않는 시월에서. 승호 씨는 에어컨을 고치려면 부품을 교체해야 하는데, 너무 오래된 부품이라 그걸 구하는 데 일주일이 더 걸린다고 했다. 그럴 바에는 차라리 에어컨을 새로 사는 게 낫지 않겠냐고 니나가 말했지만, 그는 니나의 말을 듣지 않았다. 고쳐 쓸 거라고 했다.

니나와 나는 열기에 달궈진 시월에서 아이스커피를 석 잔이나 마셨다. 세 번째 잔은 공짜였다. 단골을 위한 서비스라고 했다. 커다란 선풍기 두 대가 소음을 내며 돌아갔다. 헬리콥터를 탄 기분이었다.

그날 니나와 나는 더위를 이기기 위해 추운 계절의 기억을 꺼내보기로 했다. 나는 떠오르는 추운 계절의 기억이 없었다. 겨울은 추웠고, 애인의 집에 가는 길이나 출퇴근하던 길이 춥긴 했지만, 그걸 기억이라고 말할 수는 없으니까.

니나는 뮌헨에서 있었던 일들을 이야기해줬다. 니나

의 이야기는 안개와 낙엽 냄새가 섞인 공기로 시작됐다. 11월 중순이 되면 그곳에 큰 눈송이가 내렸다고 했다. 한번 눈이 오면 무섭게 내려서 도로와 자동차가 푹 파묻힐 정도라고 했다. 그런 날에는 점심으로 샌드위치와 데운 맥주 혹은 그로크를 마셨는데, 그 맛이 제일 그립다고 했다. 나는 니나를 통해 그로크가 뜨거운 술이라는 것을 알게 됐다. 뜨겁게 마시는 술이라니……. 니나의 눈빛에 아이스커피의 차가운 얼음이 녹고 있었다.

니나는 뮌헨에서 문학을 공부했다. 전혜린이 좋았고, 린저와 헤세를 좋아했다. 무엇보다 독일은 학비가 저렴해서 떠날 수 있었다고 했다. 뮌헨에서 5년을 살았는데, 그곳을 떠올리면 모든 계절이 늦가을에 멈춰 있는 것 같다고 말했다. 그 계절에 느꼈던 어떤 감각들이 너무 강렬해서 나머지 시간을 다 지운 것 같다고.

나는 니나의 말이 무슨 뜻인지 잘 몰랐다. 한 번도 어떤 감각을 강렬하게 느껴본 적이 없으니까. 내게는 모든 게 희미하고, 불투명하고, 연약하다. 나는 니나에게 강렬하다는 감각이 무엇인지를 물었고, 니나는 대답 대신 전혜린의 책에서 「태양병」이라는 글을 찾아보라고 말했다.

그날은 집으로 돌아가는 길에 중절모를 쓴 할아버지를 다시 만났다. 언제나 그렇듯 요양보호사가 곁에 있었다. 요양보호사는 더위에 완전히 지친 얼굴이었고, 할아버지는 물기 없이 바싹 마른 빨래처럼 뻣뻣하게 휠체어에 앉아 있었다.

안 더워요?

그들 앞을 지나가는데 요양보호사의 목소리가 들렸다. 할아버지는 대답이 없었고, 요양보호사는 한숨을 쉬었다.

나이가 들면 더위를 잘 타지 않는다는 말을 들은 적이 있다. 물론 노인이 되어본 적 없는 사람의 말일 것이다. 해마다 열사병이나 온열 질환으로 사망하는 노인들을 생각하면 근거 없는 말이지만, 나이가 들면 평균 체온이 조금 내려가는 것은 사실이다. 그러고 보니 기억 속 할머니는 반팔을 잘 입지 않았다. 늘 살을 다 가리는 옷을 입고 다니셨다. 할머니에 대한 기억이 많진 않지만 떠오르는 장면 하나가 있다.

어느 여름 저녁쯤 엄마가 돌아왔고, 나는 마당에서 혼자 공기놀이를 하고 있었고, 할머니는 풀을 뽑고 있었다.

엄마, 안 더워?

땀을 뻘뻘 흘리며 들어오던 엄마가 말했다.

하나도 안 더워. 감각도 늙는다. 덥고 춥고 배고프고 졸리고 이런 것도 잘 몰라.

시커멓게 타고 바싹 말랐던 할머니가 답했다.

얼마 후에 할머니가 쓰러져 입원하셨는데 이미 치료할 수 없는 상태였다. 할머니는 입원하고 3개월 만에 돌아가셨다.

그때 그 기억 때문일까. 나는 더위나 추위를 잘 못 느끼거나 무감각해질 때 죽음을 상상한다. 생명력을 잃는다는 것은 감각을 잃는 게 아닐까. 어떤 사람은 떠오르는 태양이나 펄떡이는 생명력이 아닌, 저무는 것들의 주변을 맴돌다가 사라지기도 하는 것 같다. 그게 나일지도 모른다고 생각하면 한숨이 나오지만.

태양병이라…… 빨래가 마르지 않는다고 한탄하는 사람과 대화를 나누면서 태양병을 떠올렸다. 전혜린이 옮긴 「태양병」은 비정상적인 강한 열 속에서만 생존하는 '토오'라는 표범과 '나'의 이야기였다. 또 그 표범과 사는 말레이 여자 '마라'와의 이야기이기도 했다. 토오는 마라의 애정의 일부를 빼앗고, 그래서 '나'는 대륙의 절반을 뒤덮고 있는 열기 속에서도 춥다. '나'는 태양병을 두려워한다. 그렇지만 언젠가 태양이 '나'를 죽일 것임을 안다. 죽음이 구원이 될까? 글 말미에 화자는 고통 없는 사랑을 말한다.

빨래가 마르지 않는 날들, 덜 마른 빨래의 냄새, 너무 많은 물기를 머금고 있어서 피부를 늘어지게 하는 장마의 공기가 땅을 뒤덮는 날에, 무더위의 열기 속에서도 추운 것들에게 태양병균이 퍼지면 좋겠다고 생각했다. 강한 열 속에서 모든 고통이 죽을 수 있다면.

그런데 고통 없는 사랑이 있기는 할까? 그걸 묻는 순간 나는 내가 아직 아프다는 사실을 깨달았다. 우리 집의 잘 마르지 않던 빨래와 무언가를 돌볼 줄 모르는 엄마와 너무 멀리 살았던 애인이 아팠다. 내 안에도 태양병균이 퍼질 수 있을까. 뜨겁고 밝은 진실을 알 수 있을까? 어떤 세계가 선명해지는 것은 고통의 해방이 아닌 자각일지도 모른다는 생각에 두려워졌다. 그럼에도 불구하고 알고 싶은 욕망은 어디서 나오는 것인지.

그렇지만 장마는 곧 끝나요.

삶이 온통 비를 맞아 축축하고 그래서 냄새가 나는 것 같다는 여자에게 말했다.

장마가 지나면 무더위가 오잖아요.

여자가 말했다.

빨래는 잘 마르지 않을까요?

대신 땀 냄새가 진동하겠죠.

무더위도 지나가요. 그러면 가을이 와요.

나는 가을을 좋아해요.

여자가 말했다.

저도 가을을 좋아해요.

그 말을 한 순간 처음으로 내가 가을을 좋아한다는 사실을 깨달았다.

왜죠?

여자가 물었다.

안개와 낙엽 냄새가 섞인 공기 때문에요.

계신 곳에 안개가 많이 끼나 보죠?

여자가 또 물었다.

11월에 커다란 눈송이도 떨어져요.

여자의 한숨 소리가 들렸다.

기다려보죠.

내가 말했다.

네.

여자가 답했다.

전화가 끊겼다.

기다려보자.

나는 화면에 그렇게 적었다가 '기다려보기로 했다'로 고쳐 적었다. 그 보고서를 작성하는 동안에 문득 여자에게 전한 말들이 어쩌면 나를 위한 것인지도 모른다고 생각했다. 내게 걸려 오는 모든 전화는 나의 또 다른 목소리일까. 퇴근을 하고 밖으로 나와 여름의 후끈한 열기를 느꼈다.

11월을, 만난 적 없는 계절을 떠올려보자. 커다란 눈송이가 떨어졌던가. 떨어지는가. 떨어질 것인가.

니나가 완성해준 그 소설을 떠올렸다. 내가 살아보지 못한 나의 이야기. 눈 속의 연인은 지금 어디서 무엇을 하고 있을까?

너의 삶을 쓴다면

눈이 멎지 않고 내리고 있다. 눈 속에서 헤매고 있다.

니나가 내게 보내준 글은 그렇게 시작했다. 우리의 릴레이 소설의 첫 번째 파트가 눈이 내리는 장면으로 시작된다는 게 묘했다. 나와 애인을 눈밭으로 데려갔던 니나는 이번에는 한 여자를 눈밭에 던져놓았다.

여자의 이름은 니나다. 니나와 똑같은 이름, 니나. 니나의 진짜 이름도 니나가 아니고, 글 속의 여자 역시 진짜 니나는 아니다.

니나라고 부르기로 하자,

라고 적혀 있다.

'부른다'가 아니라 '부르기로 하자', 나는 그것이 니나가 나를 이 소설에 개입시키는 방식이라고 생각했다.

니나는 눈 속에서 헤맨다. 니나는 혼자다. 니나는 이제 누군가와 연결되어 있다고 느끼지 못한다. 11월의 어느 날, 눈송이가 점점 거칠어져 폭설로 변해가는 거리에서 니나는 정처 없이 걷는다.

니나에게 결별은 차라리 쉬운 일이었다. 문제는 미소나 눈동자, 목소리를 기억에서 말살시켜버리는 일이었다. 그건 자신의 일부를 도려내는 것과 마찬가지였다. 어떤 기억은 살 속을 파고들고, 그런 기억이 육체를 점령하고 나면 니나는 니나 자신이 아닌, 어떤 기억에 생명력을 뺏긴 유령이 되어버릴 것이다. 여기 있으나 없는 사람으로, 만질 수도 만져지지도 않는 존재로.

니나는 손을 뻗어 눈을 움켜쥔다. 금세 스르르 녹아버린 눈이 있던 자리에 니나의 새빨간 손바닥이 드러난다.

니나가 쓴 글은 새빨간 손바닥, 하얀 눈, 마치 시처럼 선명한 이미지를 가졌다. 하지만 나는 그 이야기의 전후 상황과 나아가고자 하는 방향을 전혀 이해하지 못했다. 그 이후에 받은 글도 마찬가지였다. 니나의 절망과 열정을 드러내는 몇몇 장면들, 복잡한 심리는 드러나 있었지만 줄거리가 없었다. 그저 조각들이었다. 누군가의 생에서 가장 선명한 색을 띠는 순간들을 퍼 올려 인과관계 없이 나열한 글들. 그런 글을 어떻게 이어 쓸 수 있겠는가?

나는 니나에게 전화를 걸었다. 솔직하게 어렵다고 말했다. 니나는 이야기를 완성하려 하지 말고, 그 상황에 나 자신을 던져보라고 했다. 니나 대신 눈 속에서 헤매는 나, 온전히 혼자인 나, 니나 대신 누군가와 격렬하게 사랑하고 헤어지는 나, 육체와 정신에 새겨진 사랑했던 사람의 기억을 도려내버리는 나. 그 '나'로부터 시작된 이야기가 있을 것이라고 말했다.

전화를 끊고 그 조각난 장면들을 머릿속에 펼쳐봤다. 나라면 눈 속에서 헤매지 않았을 것이다. 한 번도 온전히 혼자라는 생각을 해본 적 없고('나'라는 사람을 따라다니는 구차한 기억과 얼굴들 때문에), 격렬한 사랑은 애당초 불가능하다. 기억이 도려내어질 수 있는 것인가? 나는 니나가 될 수 없다. 글 속에서도 다른 생을 살아볼 수 없을 것 같다.

노트북 화면을 덮고 냉장고를 열어 맥주를 꺼내 마셨다. 동이 씨가 남겨놓은 양파와 감자, 반찬이 아직 그대로인 것을 보고 한숨이 나왔다. 다 버려야 한다.

마침 동이 씨에게 전화가 왔다. 어항 속 물고기들이 잘 움직이지 않는다고 했다. 이상하다고 했다.

이상한 건 엄마야.

그렇게 말해버렸다.

동이 씨는 다급한 목소리로 도와달라고 했다. 황당한 일이 아닌가. 서울에서 차로 세 시간도 넘게 떨어진 곳에 사는 내게 어항 속 물고기가 움직이지 않는다고 도와달라고 하는 것은. 나는 동이 씨의 숨소리와 목소리를 살폈다. 동이 씨는 울고 있지 않았다.

동이 씨는 원래 울보다. 가요를 듣다가도 울고, 드라마를 보다가도 울고, 손님들의 신세 한탄을 듣다가도 함께 운다. 그래서 나는 동이 씨가 울어도 아무렇지 않다.

내가 걱정하는 건 동이 씨가 울지 않을 때다. 할머니가 돌아가셨을 때, 동이 씨는 눈물 한 방울 흘리지 않았다. 내가 아플 때도 마찬가지였다. 예전에 교통사고를 당해서 다리를 다쳤는데, 병원으로 달려온 동이 씨가 나를 보고도 울지 않아서 의아했다. 내가 다친 게 슬프지 않으냐고 물었을 때 동이 씨는 슬프지 않다고 했다. 동이 씨는 무서운 얼굴로 말했다.

하나도 슬프지 않아. 너는 괜찮을 거니까. 괜찮아야 하니까.

나는 그때 동이 씨가 진짜 슬퍼해야 할 순간에 무서워진다는 것을 알았다.

어디로 가야 하냐고?

동이 씨가 떨리는 목소리로 말했다. 이번에는 무서워진 게 아니라 무서워하고 있다.

엄마, 울어?

나는 물었다.

왜 울어? 지금 울 때야?

동이 씨가 간절하게 말했다.

찾아봐줄래? 나는 그런 걸 잘 못해서. 어디로 가야 하니?

순간 멍해졌다. 물고기가 아프면 어디로 가야 하나?

물고기 병원이 있다는 걸 처음 알게 됐다. 수산물 질병 관리원. 동이 씨는 어항을 들고 그 병원으로 갔다. 물고기의 병명은 기생충 감염이었다. 물고기에게는 육상 동물과 달리 세균으로부터 몸을 지키는 방어막이 없다고 한다. 그래서 한번 감염이 되면 전신 감염이나 패혈증으로 이어진다. 무서운 일이다. 동이 씨가 그랬다. 너무나 무섭다고. 물고기에게 주사를 놓을 때는 눈을 가린다고 한다. 어두워지면 물고기의 움직임이 둔해지고, 둔해진 물고기는 얌전히 주사를 맞을 수 있으니까. 모두 동이 씨에게 들은 이야기다. 동이 씨는 전화를 끊지 않고 병원에서 들었던 말을 반복했다.

물고기에게 주사를 놓을 때 조심해야 한다, 물고기는 상처에 딱지가 생기지 않아 과다 출혈로 죽을 수 있다.

딱 한 번의 상처로도 죽을 수 있다는 거야.

동이 씨가 한숨을 쉬며 말했다.

상처에 딱지가 생기지 않는 게 이렇게 무서운 건지 몰랐어. 희수야. 내가 너에게 딱지가 생기지 않는 상처를 준 적이 있니?

동이 씨가 물었다.

없어, 엄마. 딱지가 안 생기는 상처가 어디 있어. 난 물고기가 아니야.

라고 말했지만, 있을까? 있지 않았을까? 있을 것 같다, 있는 것 같다.

초등학교 때, 집으로 걸려 온 전화를 받았는데, 어떤 남자의 목소리가 들렸고 그 남자가 내 이름을 부르자 동이 씨가 전화기를 빼앗아 그냥 끊어버렸을 때, 혹시 아버지냐고 물었더니 아버지가 아니라고 거짓말했을 때, 너에게는 아버지가 없고 그래서 더 바르게 잘 살아야 한다고 했을 때, 나는 실수했지만 너는 실수하면 안 된다고 아무렇지 않은 얼굴로 나의 존재가 실수라고 말했을 때, 엄마가 비누를 잘라 먹고 얼굴에 바르는 크림을 요거트처럼 퍼 먹었을 때, 그걸 보고 사람들이 웃었을 때, 엄마가 나에게 말도 안 되는 성교육을 시켰을 때, 첫 남자 친구랑 놀다가 늦게 들어왔다고 내 머리카락을 잘랐을 때, 남자랑 잤냐고 물었을 때, 애인과 헤어진 것은 나인데 엄마가 나를 대신해 앓아누웠을 때, 그때 났던 상처에 아직 딱지가 생기지 않은 것 같다고 말하고 싶었지만, 나는 늘 동이 씨에게 아무 말도 하지 않는다. 사실 무슨 말을 어떻게 해야 하는지 잘 모르겠다. 정말 하고 싶은 말이 무엇인지도 모르겠다. 그러니 한번 써볼까? 쓸수록 선명해지는 세계가 있다면, 내게도 그런 세계가 열릴까? 그런데 선명해지는 게 과연 좋은 것일까? 사실 나는 두렵다. 다 썼는데 내 모든 마음이 미움이면 어쩌나. 사실은 동이 씨를 탓하고 있었고, 미워하고 있었다고 말하게 되면 어쩌나. 그게 무서워서 알고 싶지 않은 건지도 모르겠다. 동이 씨는 두려울 때 무서워진다. 나는 두려울 때 약해진다. 목소리를 잃고 아무 말도 하지 않는 것을 택한다. 아무 말도 하지 않으면 아무 일도 없었던 듯이 살 수 있다. 아버지에 대해 말하지 않으면 아버지는 존재하지 않게 되고, 헤어지자고 말하지 않으면 헤어지지 않게 되고, 마음을 말하지 않으면 마음은 없는 게 된다. 말하지 않아서 없는 것들, 사라지는 것들을 생각해보면, 또 뭐가 있을까? 나, 이희수?

나를 말하면, 나에 대해 선명하게 알게 되면 그땐 어

떻게 될까? 껍데기가 아니라 핵심까지, 극단까지 가보면 다른 내가 나를 기다리고 있을까?

눈 속에서 헤매는 여자, 니나와 이희수를 포개본다. 우리의 '나'가 거기 있다.

나는 천천히 화장품 가게 안채의 커튼을 열고 나온다. 가게에서는 동이 씨가 비누를 조그맣게 썰어 입에 넣고 있다. 이거 봐, 먹어도 될 정도로 무해한 비누라니까. 이런 비누는 없어. 동이 씨 말에 여자들이 웃는다. 자기야, 자기는 정말 대단해. 한 여자가 말한다. 동이 씨가 눈을 동그랗게 뜬다. 자기는 이 비누 하나를 팔아보려고 이렇게 애쓰는데 내가 살게. 여자의 말에 수치심이 동이 씨의 얼굴을 뒤덮는다. 나는 그런 동이 씨를 모른 척하고 가게 문을 열고 나온다. 어디 가니? 동이 씨가 묻는다. 한 번도 가본 적 없는 먼 곳에 갈 거야. 나는 말한다.

나는 길을 걷는다. 어릴 때 뛰어놀던 골목과 학교 앞 차도를 지난다. 나는 지하철을 탄다. 지하철에서 내려 버스로 갈아타고, 달리는 버스에서 창밖을 내다본다. 계절도 함께 달린다. 여름에서 가을로 가을에서 더 깊은 가을로. 나는 애인이 살았던 곳에 도착한다. 이제는 애인이 없는 곳이다. 애인이 없는 그곳은 애인이 있었던 곳과 더는 같은 곳이 아니다. 6년 동안 오고 가며 봤던 풍경들이 하나씩 지워진다. 버스 정류장, 큰 나무들, 편의점, 상가. 커다란 건물 사이에서 사납게 불었던 바람. 하나씩 신기루처럼. 그렇다면 거긴 어디인가? 겨울에 이르기 직전의 가을이다. 11월, 우리의 '나'를 둘러싼 그 세계에서 11월은 하나의 장소다. 사람은 없고 나뭇가지가 앙상한 해골을 드러내는 회색의 세계. 눈송이가 떨어진다. 누군가의 광기처럼 몰아친다. 폭설이다. 나는 눈보라 속으로 들어간다. 눈송이가 얼굴에 닿을 때마다 날카로운 무언가가 스치고 지나가는 것처럼 아프다. 저 하얗고 보드라워 보이는 것 안에 나를 찌르는 무언가가 숨겨져 있다. 그것은 나의 낡은 껍질이 벗겨지길 원한다. '나'가 버리고 싶은 것들. '나'라는 껍질. 그걸 다 벗겨내고 나면 뭐가 있을까. 나는 눈발을 맞으며 생각한다. 어쩌면 '나'라는 존재는 추상적인 관념에 불과한 것인지도 모른다고. 근원을 알 수 없는 고통이나 슬픔이나 외로움, 그런 것들이 '니나' 혹은 '이희수'를 만나 각자의 방식으로 세계와 불화하며, 고통과 슬픔과 외로움의 외피를 얻게 되는 것은 아닌지. 쉽게 벗겨지거나 깨지지 않는 껍질. 그래서 니나와 이희수는 서로의 껍질 속에 무엇이 있는지를 모른 채로 서로를 더듬고 있는 것은 아닌지. 그래서 어디에 있든, 무엇을 하든 니나는 니나의 결말로, 이희수가 이희수의 결말로 살아가는 것이 아닐까. 이희수는 어디서든 화장품 가게 안채로 돌아가고, 너무 멀어서 도착하기도 전에 지쳐버리는 누군가의 집으로 돌아가는 일을 죽을 때까지 반복하며 살 것이다. 니나는 니나의 껍질 안에 갇혀 눈보라 속을 헤맬 것이고. 우리가 니나와 이희수로 존재하는 한 우리의 '나'는 영원히 그 껍질 안에 갇혀 있을 것이다. 이희수는 언제까지나 이희수로. 시끄러운 고통으로. 덜 마른 빨래 냄새가 나는 슬픔으로. 피로를 이겨본 적 없는 외로움으로.

타인의 이야기를 다시 쓰기. 이희수가 이희수인 채로 그런 게 가능할까? 다시 쓴다는 것은 무엇일까?

 이제 나는 폭설을 빠져나와 지하철을 탄다. 내가 폭설 안에서 본 것은 오직 이희수, 나 자신뿐이라는 것을 알았으니까. 지하철을 갈아타고, 버스를 타고, 방이 딸린 화장품 가게로 돌아간다. 커튼을 열고 방에 눕는다. 불이 꺼진다. 이희수는 껍데기다. 이희수가 껍데기로 존재하는 한, 이 삶은 계속 똑같은 방식으로 쓰일 것이다. 어쩌면 이희수가 이희수의 껍질을 벗어던지는 날, 이희수가 원소로 환원되는 날, 그제야 나와 너를 구분 지을 필요 없는 우리의 '나'가 다시 태어날지도 모른다. 그런 날이 온다면, 폭설 속의 여자가 아니라 새 한 마리이고 싶다. 매서운 눈을 가진 새 한 마리. 쏟아지는 눈 속에서 뜨거웠던 한 여자가 차갑게 식어가는 모습을 지켜보는 새가 되고 싶다. 새는 자신이 목격한 고통과 슬픔을 오직 울음으로만 표현한다.

 짹짹짹.

 새가 운다고 슬퍼하는 사람은 없겠지만.

*

 두서없이 쓴 글을 니나에게 보내고 일주일이 지났다. 그사이 나는 전혜린이 마지막으로 쓴 편지를 몇 번이나 읽었다. 원소로 환원되지 않게 도와달라는 말. 눈 속을 헤매고 싶다는 말. 읽는 내내 니나를 생각했다. 어쩌면 그 눈보라 속에서 내가 놓친 무언가가 있었을까? 나는 새가 되어 나무에 걸터앉아 눈 내리는 풍경을 지켜보는 상상을 했다. 광기처럼 내리는 눈이라면 아무것도 보이지 않을 것이다. 그렇다면 귀로 들어본다. 새는 깃털 안에 귀를 숨기고 산다. 나는 숨겨둔 구멍을 열어 놓친 소리를 듣는다. 왜일까. 서사를 알 수 없는 니나의 글이 절박한 비명처럼 들리는 이유는.

한동안 니나의 연락을 기다렸다. 모임 당일에 글을 발표할 수도 있겠지만 확신이 없었으니 니나가 무슨 말이라도 해주길 바랐다. 그러면서도 내가 쓴 글에 보탤 말이 없으리라 짐작했다. 그건 소설도 아니고 그 무엇도 아니었으니까. 그래도 그 글을 쓸 때만큼은 껍질 안에 있는 무언가에 닿는 듯한 기분을 느꼈다. 나를 벗겨내면, 그 안에 또 다른 '나'가 있을 것 같았다. 거기가 극단일까. 나로부터 가장 먼 나. 어쩌면 글이란 그 먼 곳에 가기 위해 그리는 지도일지도 모른다. 다만 내가 궁금한 것은 그 지도를 누군가와 나눌 수 있느냐 하는 것이다. 오직 혼자만이 갈 수 있는 길이 아니던가.

글방에서 글 몇 편을 함께 읽으면서도 그 비슷한 생각을 했다. 우리는 왜 지극히 개인적인 이야기를 타인 앞에 드러내려 하는가. 전혜린의 책을 읽으면서도 그것이 궁금했다. 개인의 기억, 혼란, 감정, 그런 것들을 타인에게 건네는 이유를. 나의 고독이 당신과 나눠도 괜찮을 만큼 가치 있다고 말할 수 있는 자신감이 부럽기도 했다. 어쩌면 그 사람은 아무에게도 보여주고 싶지 않았을

지도 모른다. 아니, 동시에 누군가 봐주길 바랐을 것이다. 보여주기 싫으면서 보여주고 싶고, 보고 싶지 않으면서 보고 싶은 사람의 이 이중적인 마음을 알아채고 나면 뭐가 달라질까. 나에게서 가장 먼 나에 닿게 되면 그다음은? 원소로의 환원인가?

    냉장고 문을 열고 청소를 시작했다. 머리가 복잡할 때는 이게 답이다. 동이 씨가 남긴 음식을 버렸다. 한 사람은 주고 다른 한 사람은 버리는 이 관계가 어째서 사랑인지 모르겠다. 나는 정말 아는 게 아무것도 없는 것 같다.

    냉장고 청소를 하고, 설거지를 하고 방을 닦고나니 밤이 됐다. 내일은 쉬는 날이고, 잠자는 시간이 아까워 책을 펼쳤다. 빌려 온 지 두 달이 되어가는데 완독이 이렇게 어려울 줄 몰랐다. 펼쳐진 페이지에는 접힌 흔적이 있다. 전혜린이 『생의 한가운데』라는 소설을 읽고 쓴 글이었다. 지난번에 시월에서 니나를 만났을 때, 니나가 『생의 한가운데』에 대해 이야기한 적이 있다. 주인공 이름이 '니나'라는 것과, 루이제 린저가 썼고 전혜린이 옮겼다는 것, 니나 역시 그 소설을 옮긴 적이 있다는 것도 그때 알게 됐다. 니나는 오랫동안 그 소설이 '니나 부슈만'의 이야기라고 생각했는데, 글을 옮기면서 니나가 아닌 니나를 사랑한 슈타인 박사의 시점에서 기록된 글이라는 사실을 깨달았다고 했다. 니나는 슈타인이 없었다면 소설 속 '니나 부슈만'은 존재하지 않았을 것이라고 말했다. 모든 작가는 슈타인의 눈을 가져야 한다고. 슈타인은 '니나 부슈만'의 삶을 이어 쓰면서 그의 삶도 다시 썼다고.
 잠이 들 때쯤 메일 알람에 눈을 다시 떴다.
 니나에게 답장이 왔다.
 딱 한 줄이었다.
 나는 새가 울 때 함께 울어본 적이 있어요.

빛이 내는 소리

퇴근길에 김밥집에 들렀다가 전희수를 만났다. 희수는 김밥을 말고 있었다.

희수 씨가 왜, 여기에······.

희수는 내 질문에 아무렇지 않게 카운터 뒤에 있는 커튼 달린 방을 가리키며 말했다.

우리 집이에요.

희수 님은 여기 왜······.

김밥 먹으러 왔죠.

우리 엄마 김밥이 맛있죠.

전희수가 말했다.

어머니는 어디 가셨어요?

몸이 좀 안 좋으세요.

아, 희수 씨가 대신 일하는구나.

나 김밥 잘 싸요.

한 줄, 아니 두 줄 싸주세요.

네. 무슨 김밥이요?

하나는 우엉, 하나는 희수 씨의 추천 메뉴로.

제일 비싼 걸로 싸야지.

전희수는 김밥을 말기 전에 음악을 틀었다. 90년대 가요였다.

이런 걸 들어요?

내가 묻자 전희수가 웃었다.

엄마 들으라고 틀어놓는 거예요.

어머니, 저기 계세요?

나는 커튼으로 가려진 공간을 힐끗 바라봤다.

네.

저 안에 있으면 여기에서 무슨 소리가 나는지 다 들리거든요.

맞아요. 그렇죠.

저는 늘 가게에 딸린 방에서 살아서 이런 공간의 전문가예요.

무슨 전문가요?

어떻게 하면 이 공간을 효율적으로, 가장 쾌적하게 쓸 수 있을지 오래 연구했죠.

희수가 비닐장갑을 끼고 우엉을 손에 쥔 채로 말했다.

소리는 늘 이쪽에서 저쪽으로 흘러요. 문이 있는 쪽이 바람이 들어오는 곳이니까 그렇겠죠?

그러네요.

나는 종이 달린 유리문을 바라보며 말했다.

어릴 때 저 안에 있으면 낚시하는 기분이 들었어요. 가만히 앉아서 예쁜 소리를 낚아 올리는 거죠. 손님이 들어올 때 띠링, 종이 울리는 소리, '아줌마'라고 부르는 소리, 바람 소리, 어떤 때는 빛도 소리를 내요.

빛이 무슨 소리를 내요?

나는 웃음을 터뜨렸고, 희수는 입을 오므려 아주 가늘게 휘파람을 불었다.

이런 소리요. 저 안에 있으면 그렇게 들려요. 빛이 들어올 때 소리로 알아요.

새소리 같네.

그렇죠?

빛이 들어오면 낚아채나?

나는 농담으로 물었다.

아니요. 잡았다가 놓아줘요.

희수는 여전히 진지했다.

왜요?

그래야 멀리 퍼지죠. 그래야 환해지고요.

희수는 김에 흰밥을 골고루 펴며 말했다.

희수 씨는 참 예쁘다.

내 말에 전희수가 나와 눈을 마주치며 웃었다.

그래도 안 깎아줘요. 대신 서비스로 콜라를 넣어줄게요.

참, 글방 소식 들었어요?

희수가 말했다.

무슨 소식이요?

메일을 못 받으셨나 보다. 청년단 회장이 전체 메일을 보낸다고 했는데, 아직 안 보냈나 봐요.

무슨 일인데요?

청년 지원 사업 예산이 삭감됐대요. 그래서 공간을 계속 운영할 수 있을지 모르겠어요.

희수는 덤덤하게 설명했다.

다들 실망이 크겠네요.

희수는 김밥을 싸는 데 몰두한 듯 고개만 끄덕였다.

희수 씨는 괜찮아요?

뭐가요?

희수가 나를 보며 물었다.

로컬 청년단 일을 열심히 하고 있는 것 같아서.

장미여관에서 나간다고 로컬 청년단이 없어지는 건 아니잖아요.

그건 그렇지. 그래도 서운할 것 같아요.

다른 방식을 찾아보면 되죠.

희수와 나는 한동안 가만히 둥글게 말린 김밥만 바라보고 있었다.

그런데 저도 어학연수를 가게 될 것 같아요.

갑자기 희수가 말했다.

어학연수? 어디로?

중국이요. 저 중국어과 학생이에요.

이곳을 떠나지 않겠다는 거 아니었어요?

떠나지 않겠다는 고집만으로는 오래 못 버텨요. 나는 멀리 갔다가 돌아올 거예요. 그렇게 갇힌 게 아니라는 걸 증명할 거예요.

희수는 김밥집 안에 울려 퍼지는 90년대 발라드 음악을 흥얼거리며 김밥을 봉지에 담았다. 콜라 하나를 더 넣는 것도 잊지 않았다. 8월의 햇살이 가게 유리창 안으로 쏟아져 내렸고, 그 빛은 다시 가게 구석구석으로 넓게 퍼지며 일렁거렸다. 커튼을 통과해 저쪽까지 환할 것이다. 이렇게 환한 빛은 아주 작은 틈만 있어도 멀리까지 갈 수 있다. 그 무엇이 가로막는다고 해도.

김밥 싸는 건 엄마한테 배웠어요?

나는 김밥을 받아서 들며 물었다.

아니요. 이건 제 레시피예요.

엄마 게 아니고?

엄마 버전에서 업그레이드된 거죠.

어떻게?

엄마는 우엉김밥에 계란말이를 얇게 넣더라고요. 저는 계란말이를 할 때 우유를 넣어서 더 두껍고 크리미하게 만들어요.

희수 씨는 대단해.

나도 모르게 그 말이 나왔다.

똑같이 하면 재미없잖아요. 엄마 대타로 살고 싶진 않아요. 나는 내 김밥을 말 거예요. 그래야 혹시 나중에 백수가 되면 이 가게에 취직시켜달라고 조를 수 있으니까.

전희수가 주걱을 들고 킥킥 웃었다.

집에 돌아와 전희수가 만든 김밥을 먹었다. 희수 엄마가 만든 김밥보다 더 맛있었다. 희수는 김밥집을 열면 정말 성공할 것 같았다.

나는 동이 씨에게 문자를 보냈다.

엄마, 우엉김밥 레시피 좀 보내봐.

동이 씨는 답장하지 않았다.

*

동이 씨는 며칠 동안 금이 씨네 집에 머물렀다. 은이 씨와 동이 씨가 금이 씨 집에 모여서 금이 씨에게 귤도 까주고, 고구마도 까줬다고 했다. 이모는 손이 없어, 발이 없어 물었더니 동이 씨가 말했다.

가슴이 없어.

금이 씨는 유방암 3기 진단을 받았고, 가슴 절제 수술을 했다. 금이 씨는 이 나이에 미스코리아 나갈 것도 아니고, 애 낳을 것도 아닌데 가슴 한쪽 없는 게 무슨 대수냐고 말했다고 한다.

우리 집 여자들이 씩씩해.

동이 씨가 말했다.

이모부랑 오빠들은 뭐 하는데?

내가 묻자 동이 씨가 말했다.

우리 집 여자들이 남자 보는 눈이 없어.

동이 씨의 말에 의하면 금이 씨의 남편, 그러니까 이모부는 할 줄 아는 게 아무것도 없어서 어디에도 쓸모가 없고, 금이 씨의 두 아들 중 한 명은 호주에, 다른 아들 한 명은 지방에 살아서 금이 씨를 돌봐 줄 사람이 없다고 했다. 그래서 이참에 자매들의 친목도 다질 겸 은이 씨와 동이 씨가 뭉쳤다고 했다. 세 자매가 모인 것은 오랜만이었다. 할머니가 살아 계실 때는 종종 있었던 일이었지만. 금이 씨가 이모부와 싸웠거나 은이 씨가 애인이랑 헤어졌을 때, 이모들은 할머니 집에 와서 동이 씨와 술판을 벌였다. 세 자매는 술만 먹었다 하면 누가 제일 불쌍한지 '불쌍 배틀'을 벌이곤 했다. 동이 씨의 무기는 나였다. "나 혼자 애 키우는 여자야"라고 큰소리를 치면, 은이 씨가 "넌 애라도 있지"라며 담배를 피웠다. 금이 씨는 "다 조용히 해, 난 바람피우는 남편에 남편이랑 똑같이 생긴 김씨 아들 둘 키우는 여자야"라고 말했다. 할머니는 방에서 엄마와 이모들이 하는 소리를 들으며 끙끙 앓았다. 금이 씨는 툭하면 이모부와 싸웠고, 은이 씨는 결혼도 안 하고 이 남자 저 남자를 만났고, 동이 씨는 미혼모이고. 생각해보면 이 배틀의 승자는 할머니여야 했다. 내 기억에 동이 씨가 제일 부러워했던 건 금이 씨였다. 정확히는 금이 씨의 중형 세단을 부러워한 것이었지만. 금이 씨의 중형 세단은 '온전한 가족'의 것이었다. 아빠는 운전석, 엄마는 보조석, 아이 둘은 뒷좌석. 어릴 때, 미술 시간에 '행복'을 그려보라는 선생님의 말에 금이 씨네 자동차를 그린 적이 있다. 선생님은 내게 차에 타고 있는 사람이 아빠와 엄마인지 물었고 나는 고개를 저으며 "엄마와 나는 창문 밖에 있어요"라고 대답했다. 그 이후로 선생님은 내게 어떤 질문도 하지 않았던 것으로 기억한다. 어째서 나는 그 자동차를 행복이라고 생각했을까. 우리에게는 없을 것 같은 미래이기 때문이었을까. 나는 그 그림을 엄마에게 보여주지 않았다. 동이 씨에게도 금이 씨의 삶이 행복처럼 보였을까? 자동차의 보조석에 앉는 꿈을 꿨을까? 확실한 건 금이 씨와 동이 씨는 자매지만 무척 달랐다는 것이다. 두 사람은 사이가 좋았지만 서로를 완전히 이해하진 못했다. 금이 씨 입장에서는 동이 씨가 도통 이해되지 않는 부분이 있었고, 동이 씨 입장에서는 금이 씨가 온실 속의 화초 같아서 짜증이 났던 것 같다. 언니는 너무 징징대. 아무것도 모르면서. 언젠가 동이 씨가 금이 씨에게 말했다. 너는 뭘 그렇게 많이 알아서 그러고 사니? 금이 씨는 그렇게 받아쳤다. 할머니가 아니었다면 큰 싸움이 났을 것이다. 한편 은이 씨와 동이 씨는 죽이 잘 맞았다. 내가 어릴 때, 아빠의 빈자리를 채워줬던 것도 은이 씨였다. 입학식과 졸업식 기념사진 속에 남자처럼 머리를 짧게 자른 은이 씨와 진한 화장을 한 동이 씨를 보면 얼핏 잘 어울리는 커플처럼 보인다. 지금 생각하면 이십 대, 삼십 대였던 이모가 어떻게 나를 돌봤을까 싶다. 돌본다는 거, 그건 정말 어른이 할 수 있는 일이다. 지금 내가 어른이 아닌 것도 아무것도 돌보지 못해서일 테지.

어느 날, 은이 씨네 집에서 은이 씨와 동이 씨가 아버지에 대해 말하는 걸 들은 적이 있다.

미워? 안 미워. 보고 싶어? 안 보고 싶어. 후회해? 응. 이런 내용이었는데, 나는 은이 씨가 동이 씨에게 나를 낳은 것을 후회하느냐고 물어볼까 봐 조마조마했다. 어쨌든 그때 아버지가 어디서 잘 살고 있다는 것을 알았다. 그날 아버지가 밉지 않다는 동이 씨의 말에 아버지를 향한 불편한 마음이 사라졌다. 물론 아버지가 영원히 만날 수 없는 과거 혹은 잃어버린 미래 같아서 궁금할 때도 있지만, 그날 나는 내가 품은 애정과 미움이 모두 동이 씨의 것이라는 걸 알게 됐다.

희수야, 엄마는 아직도 안 믿겨. 왜 언니가 아플까?

동이 씨가 짧은 한숨을 쉬며 말했다.

금이 씨가 아프다고 했을 때, 동이 씨는 믿지 않았다고 했다. 잘 먹고 잘 사는 금이 씨가 아플 이유가 없었으니까. 사실 동이 씨는 셋 중에 누군가 아프다면 그건 은이 씨일 거라고 생각했다고 한다. 젊을 때 술을 많이 마셔서, 지 밥도 못 챙겨 먹는 주제에 혼자 산다고 설치고 다녀서, 요리를 못해서, 배달 음식만 먹어서. 하지만 은이 씨는 셋 중에 아픈 데 없이 건강하고, 잘 놀러 다니고, 누구보다 속 편한 사람처럼 보인다고 했다.

은이 언니는 결혼을 안 해서 그래.

동이 씨가 말할 때마다 나는 동이 씨를 놀렸다.

엄마도 안 했잖아.

젊을 때 동이 씨는 금이 씨의 인생을 살고 싶어 했고, 나이 든 동이 씨는 은이 씨의 인생을 살고 싶어 한다. 금이 씨와 은이 씨는 동이 씨의 인생을 살고 싶어 할까? 나는 아니라고 생각했는데 병실에 누운 금이 씨는 동이 씨가 세상에서 제일 부럽다고 말했다고 한다. 아이는 너무 안고 싶은데 남편은 꼴 보기 싫으니 애만 있는 동이 씨가 부럽다고.

애는 뭐 쉬워?

동이 씨의 말에 금이 씨는,

애들이 인형처럼 다시 자그마해져서 품에 넣을 수 있으면 좋겠어.

라고 말했다.

동이 씨는 금이 씨에게 수술하더니 뇌가 이상해진 거라고 놀렸지만, 사실은 그 기분을 잘 알 것 같았다고 했다. 하여간 징그러운 자매들이다.

엄마, 나도 작아졌으면 좋겠어? 엄마 품에 넣고 다니게?

나 어항 들고 다니기도 힘들어.

동이 씨가 말했다.

엄마를 정말, 어쩌면 좋을까.

나도 모르게 튀어나온 말이다.

동이 씨는 금이 씨네 집까지 어항을 들고 갔다. 며칠씩이나 어항을 돌봐줄 사람이 없어서 들고 갔다고 했다. 이모들은 동이 씨가 옛날부터 집착 같은 게 있었다고 놀렸지만, 아무리 기억을 더듬어도 동이 씨가 나를 그렇게까지 끔찍하게 여긴 적은 없었던 것 같다.

전화를 끊을 때쯤에 동이 씨가 냉장고에 넣어둔 건 다 먹었냐고 물어서 그냥 먹었다고 얼버무렸다. 조금 미안한 마음이 들었다. 동이 씨도 믿지 않는 것 같았다. 다 먹지 않을 음식을 계속 주는 사람의 마음은 뭘까. 나는 처음으로 동이 씨의 마음이 궁금해졌다. 동이 씨가 자신의 인생으로 소설을 쓰고, 내가 그 소설을 이어 쓴다면 그건 어떤 글이 될까. 그 소설의 1부는 어디에서 끝날까. 나는 어디서부터 이어 쓸 수 있을까. 내가 배 속에 있다는 걸 알았을 때, 그때부터라면.

아이한테 실수라고는 말하지 말아야지. 사는 게 힘들다고 울지 말아야지. 잠든 아기를 두고 나가지 말아야지. 가요 대신 클래식을 틀어줘야지. 하지 말아야 할 것들을 생각하다가 갑자기 궁금해졌다. 나는 낳았을까? 아니었을 것 같다. 그게 나라면, 내가 나를 낳아야 한다면 나는 낳지 않았을 것이다.

갑자기 지켜지지 못하고 버려진 기분이 들었다. 나를 버리는 사람은 역시 나인가.

*

릴레이 소설 쓰기 모임이 몇 번 더 있었지만, 나는 어떤 글도 발표하지 못했다. 니나는 내가 만족할 만한 글을 쓸 때까지 기다려주겠다고 했지만 불가능할 것 같았다. 나는 니나를 너무 모르고, 니나의 글 속의 니나는 더 모른다. 니나가 좋아한다는 전혜린의 뮌헨은 영원히 가볼 수 없는 세계처럼 느껴지고, 전혜린이 말하는 '존재앓이'란 것도 어떤 날은 너무 고차원적으로, 또 어떤 날은 배부른 어린애의 투정처럼 느껴지기도 했다. 그 모든 게 벽처럼 느껴질 때, 이상하게도 전희수를 생각했다. 전희수라면 뭐라도 쓰지 않았을까. 희수라면 희수만의 방식대로 니나도 전혜린도 아닌 희수의 이야기를 주눅 들지 않고 썼을 것 같다. 그런 생각 끝에 처음으로 깨달았다. 내가 얼마나 주눅 들어 있는 존재인지를. 멀리까지 퍼져나가지 못하고 사그러드는 빛, 그게 나 같다. 그러니 선명한 세계란 나와 어울리지 않는 게 분명하다.

퇴근 후 곧바로 집에 들어가고 싶지 않아 시월로 걸음을 옮겼다. 책을 돌려줄 생각이었다. 내 것이 아닌 걸 너무 오래 가지고 있었던 것 같다.

버스 창문 밖으로 보이는 풍경이 조금 달라졌다. 여름은 끝을 향해가고 있었고, 늦더위는 아직 기승을 부리고 있지만 틈이 보였다. 계절의 차가운 기운이 실처럼 갈라진 틈 사이를 파고들 것이고, 틈이 생기는 순간 변화는 시작된다. 같은 도시, 같은 거리지만 여름과 가을은 다르다. 완전히 다른 장소, 다른 시간이 되어버린다.

학생들, 직장인들이 하나둘씩 내렸다. 버스는 점점 머리 희끗한 사람들의 차지가 됐다. 그들은 늘 창 너머를 애틋하게 바라본다. 살면서 봤던 수없이 많은 풍경을 일일이 헤아리는 사람들처럼.

나는 버스가 통과하는 길마다 서 있던 가로수들이 은행나무였다는 사실을 이제야 알아챘다. 아직은 푸른 잎이지만, 완연한 가을이 오면 샛노란 거리가 될 것이다. 오늘 회사에서 가을을 애타게 기다리는 사람들의 말을 들었다. 여름이 지긋지긋해서 못 견디겠다던 그 사람들은 농담처럼 말했다. 아, 가을은 얼마나 멀리 있는 거야.

우리가 도달하고 싶은 그 풍경은 지금으로부터 얼마

나 먼 시간에, 여기로부터 얼마나 먼 거리에 있을까. 하지만 분명한 것은 도달하리라는 것이다. 사람은 언젠가 다다를 곳을 향해 이를 악물고 달리다가 여기, 지금을 다 놓치는 것 같다.

주공 아파트 앞에서 내려 걸었다. 아직 능소화가 피어 있었다. 요양병원 앞에서 할아버지를 봤다. 중절모를 쓰고 휠체어에 앉아 있었다. 요양보호사는 휴대폰으로 동영상을 보는 중인 듯했다. 할아버지와 눈이 마주쳐 묵례를 했더니 갑자기 할아버지가 손가락질을 하며 나를 향해 소리를 질렀다. 놀라진 않았다. 늙고 병들어 기억이 다 잊히는 순간에도 인간에게 남은 공포와 분노가 있다는 것을 안다. 그런 사람들의 전화를 받기도 하니까. 다 쓰지 못한 감정의 여분, 찌꺼기 같은 것들이 내가 나였던 기억을 모조리 상실한 순간에도 남아 있다고 생각하면 두려울 뿐이다.

요양보호사는 할아버지를 말렸다. 할아버지는 휠체어에서 벌떡 일어나 요양보호사를 때리기 시작했고 요양보호사는 할아버지의 어깨를 힘으로 눌러 다시 휠체어에 앉히려고 했다. 결국 할아버지가 넘어졌다. 모자가 벗겨졌고, 놀란 요양보호사가 외쳤다.

아버지.

나는 달려가 할아버지를 일으켜 세우는 것을 도우려고 했지만, 여자는 내게 가만히 있으라고 했다.

우리 아버지가 갑자기 발작을 일으킬 수도 있어요.

요양보호사, 아니 딸이 말했다.

여자는 할아버지를 무겁게 끌어 올려 휠체어에 다시 앉혔다. 여자는 휠체어를 밀고 병원 안으로 돌아갔다.

아버지, 아버지가 너무 무거워.

여자가 말했다.

여자는 있는 힘을 다해 휠체어를 밀고 있었다.

나는 할아버지가 떨어뜨리고 간 모자를 주웠다. 휠체어에 앉아 뒤돌아보던 할아버지는 내가 들고 있던 모자를 보고 눈물을 글썽거렸다. 모자가 벗겨진 할아버지는 다른 사람 같았다.

모자를 들고 이러지도 저러지도 못하다가 그걸 들고 시월까지 걸었다. 승호 씨를 보자마자 모자를 내밀었다.

오다가 주운 건데요.

승호 씨가 내 모자를 받아 들고 물건들이 잔뜩 쌓인 곳에 뒀다.

누군가 잃어버렸거나 두고 간 물건들을 모아둔 거예요.

찾아가는 사람이 있어요?

승호 씨가 고개를 저었다.

그럼 안 버려요?

안 버려요.

왜요?

삼각주를 만드는 중이거든요.

무슨 주요?

하천의 하구에 퇴적물이 오랫동안 쌓이면 평평한 지형이 만들어져요. 하구에서 유속이 느려지면서. 삼각지는 사실상 끝이긴 한데, 거기를 지나면 바다나 큰 호수가 나오죠. 그러니까 삼각주는 큰 데로 가기 전에 마지막 퇴적물들이 쌓이는 곳이에요.

그런 걸 왜 만들어요?

모두 다 큰물로 가고 싶은 건 아닐 것 같아서. 남고 싶은 사람도 있을 테니까.

퇴적물이나 침전물이 되고 싶은 사람이 어디 있겠어요?

왜요? 그게 하천의 기억인데. 알갱이고.

승호 씨는 재미있다는 듯이 나를 바라봤다.

참 이상한 사람이다. 삼각주가 되는 삶이라니. 짐작도 할 수 없는 그의 마음을 헤아리는 것을 포기하고 커피를 시켰다. 나는 그가 커피를 내리는 동안 가방에서 전혜린의 책을 꺼내 제자리에 가져다 놓았다.

책 잘 읽었어요.

다 읽었어요?

승호 씨가 물었다.

아니요. 조금 남긴 했어요.

다 읽고 돌려줘도 되는데. 재미없었어요?

나는 잠시 골똘히 생각했다. 그걸 재미라고 말할 수 있나.

재미가 없진 않았는데, 독일만큼 먼 이야기 같았어요.

나는 솔직해지기로 했다.

승호 씨가 말없이 내게 커피를 내밀었다. 향긋하고 따뜻한 커피였다. 내가 시월의 구석 자리에 멍하니 앉아서 커피를 마시는 동안 승호 씨는 책에 쌓인 먼지를 털거나 화분에 물을 주며 분주하게 움직였다.
 너무 먼 타인의 이야기죠.
 승호 씨는 내게 『생의 한가운데』를 내밀며 말했다.
 이것도 타인의 이야기예요.
 그가 내민 그 책은 속지가 누렇게 변해 있었다.
 저 사실, 이 책을 사서 읽고 있어요.
 승호 씨가 반갑다는 듯이 환하게 웃었다.
 어때요?
 읽을 만해요.
 니나가 좋아하는 소설이에요.
 니나가 여자 주인공 이름이잖아요. 그래서 니나 아닌가?
 니나와 대학에서 만났어요. 독서 동아리요. 그때 내가 니나에게 『생의 한가운데』를 선물로 줬어요. 니나를 보면 니나 부슈만이 떠올랐거든요. 걔가 진짜 독일에 가서 독일어를 배우고, 번역가가 될 줄은 몰랐지만. 사람들이 떠나고 또 돌아오고 다시 떠나고. 한곳에서 그걸 바라보는 게 좋아요. 나는 강이 아니라 강을 지키는 모래이고 싶어요. 흐르는 물은 자기가 어디서 와서 어디로 가는지 모르잖아요.
 나는 승호 씨의 얼굴에서 물살이 남긴 자국을 읽었다.
 니나는 니나를 다시 쓰고 싶어 해요.
 승호 씨가 말했다.
 그런 마음은 어디서 올까요?
 나는 정말 알고 싶었다.

너무 먼 것 같았던 타인의 이야기가 내게 오는 순간이 아닐까요?

너무 먼 데 어떻게 와요?

나는 그에게 물었다.

멀리 가보고 싶을 때 오죠.

그가 말했다.

멀리 가보고 싶은 적 있어요?

그가 물었고 나는 대답을 망설이다가 고개를 저었다.

내가 모르는 낯선 이의 세계로 가보고 싶은 적 없었어요?

그가 다시 물었다.

나는요, 집 앞에만 나가도 지쳐요. 사람들이 자동차를 타고 달릴 때, 꼭 자전거를 탄 사람 같아요. 그래서 멀리 못 가고 자꾸 돌아와요. 돌아오는 길에는 자전거 페달을 밟을 힘이 없어서 그걸 어깨에 지고 오는 것 같아요.

내 말을 듣던 승호 씨는 내게 내밀었던 책을 가만히 내려놓으며 말했다.

갔다가 돌아온다고 했잖아요. 나는 그런 사람들이 참 대단한 것 같아요. 그래도 어쨌든 가잖아요. 힘들게 갔다가 힘겹게 돌아올 줄 알면서. 타인에게 가는 길도 그런 길 같아요. 힘들게 갔다가 힘겹게 돌아오는 거.

힘들게 그걸 왜 할까요?

갔다가 돌아오면 알게 되지 않을까요? 어쩌면 그 타인이란 게 결국 어딘가에 두고 온 나 혹은 아직 도달하지 못한 나일지도 몰라요.

승호 씨는 내 앞에 앉았다. 우리 사이에는 『생의 한가운데』가 놓여 있었다. 그는 텅 빈 시월에서 니나의 이야기를 시작했다. 대학 시절, 그가 알았던 니나와 소설 속의 니나 부슈만. 그가 좋아했던 니나는 비가 쏟아질 때, 그 비를 향해 우산 없이 뛰어드는 사람이었고, 그가 『생의 한가운데』에서 가장 좋아하는 페이지는 "생에서 일어나는 모든 일은 끝을 가지고 있지 않다"라는 전혜린의 서문과 슈타인이 "의논할 일이 있어서 왔다"는 니나 부슈만의 말에 생의 잃어버린 의미를 되찾는 장면이라고 했다.

가슴이 뛰잖아요.

승호 씨는 말했다. 니나처럼 살아본 적 없지만, 책에 나온 그 구절들을 경험해본 적은 없지만, 마치 살아본 기억처럼 심장이 뛴다고.

니나도 그래서 다시 쓰고 싶은 게 아닐까요? 놓치기 싫은 누군가의 삶을 꼭 쥐고 다시 돌아오고 싶은 마음이요.

그가 말했다.

『생의 한가운데』는 무슨 이야기 같아요?

그가 물었다.

열정적으로 사는 여자 이야기?

내 대답에 그가 고개를 끄덕였다.

그렇겠죠. 삶을 순수하게 사랑한 이야기. 뭐 그런 것 같은데……. 나는 니나의 마음을 잘 모르지만, 우리는 누구나 다시 쓰고 싶은 이야기가 있는 것 같아요.

승호 씨가 그렇게 말했을 때, 나는 눈 속에서 헤매는

니나를 떠올렸다. 내가 모르는 먼 곳에 있는 니나에게 가닿고 싶다고 생각했다.

나는 승호 씨와 커피 한 잔을 더 마시고, 니나와 또 다른 니나에 대한 이야기를 한참 동안 나누다가 집으로 돌아왔다.

청소를 하고 샤워를 했다. 후끈한 열기가 조금 가신 기분이 들었다. 창문을 열고 맥주를 한 캔 마시면서 『생의 한가운데』를 펼쳤다. 니나 부슈만이나 전혜린처럼 살아볼 수 있을까? 자신을 한계치까지 밀어붙이면서 그 순간에 가장 중요한 것, 가장 필요한 것을 선택할 수 있을까? 어쩐지 차가운 물 한 바가지를 뒤집어쓴 것 같았다. 나는 단 한 번도 내게 가장 중요한 것, 가장 필요한 것을 선택한 적이 없었다는 사실을 깨달았기 때문에. 나의 선택은 늘 차선이었고, 어쩔 수 없는 것이었고, 보류된 것이었다.

다시 쓰고 싶다.

그런 마음이 찾아왔다. 아주 강렬하진 않지만 실금처럼 조심스럽게 내 안을 파고드는 작은 욕망이다. 폭염에 다 말라 죽어버린 내 안에 가느다랗게 생긴 실금, 그것을 타고 들어오는 차가운 기운이 느껴지는 바람. 사람의 가슴에도 계절이란 게 있다면 그 실금 사이로 내게 가을이 오고 있는 것 같았다.

계절이 바뀌면 다른 곳, 다른 풍경이 될지도 모른다는 희망 같은 게 생겼다.

*

　니나를 만났다. 제법 선선해진 저녁이었다. 우리는 원도심의 중국집에서 밥을 먹고 동네를 구석구석 산책했다. 니나는 예전에 은행이 있었던 자리에 서서 중앙로를 바라보면 수많은 인파가 큰 파도처럼 밀려오는 것 같았다고 했다. 나는 파도가 휩쓸고 지나간 자리에 남은 조개껍데기들을 떠올렸다. 부서져도 아름다운 잔해들.
　우리는 니나가 쓴 글에 대해 이야기하기 위해 만났지만, 글에 대해서는 한마디도 하지 않았다. 걷기에 좋은 날씨였고, 글이 아니어도 할 이야기가 많았다. 니나는 내게 오늘 어떤 전화를 받았는지 물었고, 나는 끝말잇기를 해달라는 사람과 책을 읽어달라는 사람, 자식과 소통이 안 되는 사람, 삶의 완성이 무엇인지 묻는 사람의 이야기를 들려줬다. 니나는 내 대답이 궁금하다고 했지만, 나는 내 대답은 그들에게 크게 의미가 없다고 말했다. 사람들은 그냥 말하고 싶은 거라고. 니나는 사람들이 왜 잘 모르는 사람에게 자신의 이야기를 하고 싶어 하는지 궁금하다고 했고, 나는 말을 하는 것만으로도 감정의 무게가 조금 가벼워지기 때문인 것 같다고 대답했다. 말이란 것은 휘발되는 것이고, 내 마음의 무게 몇 그램 정도는 말로 휘발시킬 수 있지 않겠느냐고. 니나는 옅은 미소를 지으며 그게 무엇인지 알 것 같다고 했다.
　나도 나를 비워내기 위해 글을 쓰고 싶은 것 같아요.

니나가 말했다.

써버리면, 그래서 그걸 누군가 읽게 되면 그 이야기는 더는 내 것이 아닌 게 되고, 그러면 나는 껍질을 한 겹 벗을 수 있을 것 같거든요. 이렇게 벗다가 보면 어느새 핵심에 가닿을지 모르겠지만.

나는 니나의 이야기를 듣다가 왜 니나의 이야기가 눈 속에서 시작되어야 하는지 물었다. 눈은 어떤 의미가 있는지. 사실은 거기서부터 막히는 것 같다고.

니나는 내 눈을 바라보며 말했다.

11월에 제법 큰 눈송이가 떨어졌어요. 폭설이 내렸죠.

소설 속 장소를 말하는 건가요?

내 물음에 니나는 아무 말 없이 걷다가 짧은 한숨을 내뱉으며 말했다.

네. 사실 거기에는 한 사람이 아니라 두 사람이 있었어요.

니나가 말하는 그곳에는 두 사람이 있었다. 제법 큰 눈송이가 떨어지던 11월. 니나와 함께 눈 속을 걷고 있었던 사람은 자아를 마음껏 처분하는 자유를 놓치고 싶지 않다고 말했다. 그는 스스로 삶을 완성하고 싶다고 했다. 니나는 그의 말에 맞장구를 쳤다. 그들이 사랑하는 사람들은 모두 그랬으니까. 전혜린은 세코날 마흔 알을 먹고, 실비아 플러스는 가스 오븐에 머리를 박고 죽었고, 하이너 뮐러의 「햄릿머신」에서 오필리아도 가스 오븐에 머리를 박고 죽는다. 버지니아 울프는 강물에 뛰어들었다. 그는 죽음을 실험한, 그렇게 생을 완성한 사람들을 동경했다. 어쩌면 그 순간에만 느낄 수 있는 환희가 있을지도 모른다고 했다. 두 사람은 눈 속을 걷다가 길을 잃는다. 여긴 어딜까? 우리의 절망 속. 우리는 무엇에 절망하는 걸까? 절망이 무엇인지 모르는 것에 대한 절망. 니나와 함께 있던 사람은 니나에게 말했다. 너는 니나처럼 살면 좋겠어. 격렬하고, 뜨겁게. 오직 살아 있음으로써 이 생의 가치를 증명했으면 좋겠어. 너는? 그럼 너는? 나는 죽음으로써 이 생을 완성해보려고. 스스로 죽음을 택함으로써. 니나와 그 사람은 보석함 속에 수면제를 모았다. 구슬처럼 반짝이던 세코날. 졸피뎀, 스틸녹스. 니나에게 그것은 상징적인 놀이였다. 삶과 죽음이 아주 가깝다는 것을 증명하는 지적 놀이. 아니, 어쩌면 청춘의 허영 혹은 연극적 장치. 니나에게 그들이 나눈 모든 대화는 하나의 극이었다. 니나는 니나를 연기하는 중이었다. 어느 날, 그가 보석함을 다 털어 갔다. 한 알도 남기지 않고 모두. 그는 정말 죽음으로 삶을 완성했고, 남은 니나에게는 생을 열렬히 살아야 하는 숙제가 주어졌다.

숙제가 아니라 벌인가?

니나가 물었다.

나는 아무 대답도 하지 않았다.

나는 계속 눈 속에 있는 것 같아요. 눈 속에 혼자 갇힌 것 같아. 온몸이 이렇게 뜨겁고, 지금도 땀을 줄줄 흘리고 있는데, 여기가 눈 속 같아요.

니나가 말했다.

거기, 그 눈보라 속에서부터 다시 쓸 수 있을까요?

니나가 물었고 나는 아무 말도 하지 않았다.

여름의 마지막 능소화가 니나의 어깨로 떨어졌다. 한쪽이 완전히 닫아버린 이야기의 결말을 어떻게 열 수 있을까.

그런데 나는 희수 씨에게 글을 보내고 알았어요. 희수 씨가 다음 이야기를 쓸 수 없으리라는 것을. 왜냐하면 내가 결말을 써버렸으니까. 내 안에 혼자가 되어버리는 결말이 이미 있으니까. 그래서 미안하다고 말하고 싶었어요.

니나가 말했다.

저는, 저는 그냥 눈이 언젠가 멈추지 않을까 싶어요. 눈보라 속에서 여자가 나오는 게 아니라 눈이 저절로 멈추지 않을까. 계절은 지나가잖아요. 무슨 일이 있어도 반드시 지나가는 것이잖아요. 새로 찾아오는 계절에는 새로운 이야기가 있을 거고요.

나는 니나의 어깨 위로 떨어진 능소화의 꽃가루를 털어주며 말했다.

우리가 마주 섰을 때, 두 사람의 어깨 사이로 슥 지나가던 서늘한 바람이 있었다.

이제 곧 가을인가 봐요.

니나가 손을 뻗어 공기를 만지며 말했다.

페른베

가을이 왔다. 기다리던 11월이다. 이 도시에 아직 눈이 내리진 않았다. 눈이 오면 모두 시월에서 만나기로 했는데.

장미여관에는 이제 시월만 남게 됐다. 로컬 편집숍과 우아하고 완벽한 곡선의 간판이 아직 붙어 있긴 하지만 더는 이용할 수 없게 됐다. 여름이 지나고 지원금이 끊겼고, 지원금 없이 장미여관을 운영할 수는 없었다. 시월의 주인은 글쓰기 모임을 할 수 있도록 장소를 빌려주겠다고 했지만 모두 원치 않았다. 삼각주에 남을지 흘러갈지 결정하는 것은 각자의 몫이다.

우아하고 완벽한 곡선의 마지막 모임에서 우리는 각자가 쓴 글 대신 좋아하는 글을 읽었다. 니나는 전혜린의 편지를, 전희수는 『데미안』의 한 구절을, 노래 가사를 읽어준 친구도 있었고, 영화 대사를 말해준 친구도 있었다. 나는 『생의 한가운데』에서 한 구절을 골랐다.

내 삶이 내게 속해 있다고 말할 수 있을 때 비로소 나는 자유로워진다.

그 마지막 모임 이후로 가끔 희수를 봤다. 김밥집 커튼 뒤에서 가만가만 움직이는 실루엣으로. 빛이 그리는 윤곽으로. 희수는 멀리 갔다 돌아올 수 있을까? 희수라면 그럴 것 같다.

11월이 되자 외로움을 호소하는 전화가 부쩍 많이 걸려 온다. 계절은 무엇이고 날씨는 무엇이기에 이토록 사람들의 마음을 갈팡질팡하게 만드는 걸까.

얼마 전에 받은 전화가 떠오른다. 상담 요청자는 내게 자기 이름을 다정하게 불러달라고 말했다. 처음에는 못 들은 척했다. 이상한 소리를 내달라는 변태는 많으니까. 하지만 그는 정말 진지하게 내게 요구했다.

제 이름을 열 번만 불러주세요.

나는 그가 요구한 대로 그의 이름을 열 번 불렀다. 일곱 번째에는 이상하게 울음이 터질 것 같았는데, 나도 내가 왜 울먹이는지 이해할 수 없었다. 고작 이름을 부르는 것인데. 그는 내게 지금 우는 거냐고 왜 그러냐고 물었고, 나는 적당한 말을 찾을 수 없어서 알러지 때문이라고 핑계를 댔다. 그는 내게 무슨 알러지인지 물었고, 나는 얼떨결에 '태양'이라고 대답해버렸다. 빛이 좋아서.

아, 햇빛 알러지. 그거 태양병이네요.

그가 말했다.

태양병…… 어쩌면 그것인지도.

그와 통화를 종료하고 보고서를 썼다. 이름이 아름다운 사람, 그것 말고 뭘 더 써야 하는지 생각이 나지 않았다.

나는 요즘 보고서를 지나치게 감상적이게 적거나 생략하는 경향이 있다고 경고를 받기도 했다.

외로움을 호소하는 전화 중에는 동이 씨의 전화도 포함된다. 동이 씨는 다가올 겨울에 혼자 지낼 것을 생각하면 아찔하다고 했다. 물고기들은 어쩌고 혼자냐고 물으면, 화들짝 놀라며 물고기들의 이름을 차례대로 불렀다.

어느 날은 동이 씨가 느닷없이 한밤중에 전화해 유방암 검사를 받으라고 애걸복걸하기도 했고, 어떤 날은 물고기 자랑, 어떤 날은 금이 씨나 은이 씨와 싸우고 내게 이모들 욕을 한 시간 넘게 한 적도 있었다. 동이 씨는 하루 종일 전화를 받는 게 내 일이란 것을 생각하지 못했을 것이다. 동이 씨는 동이 씨의 경험만큼만 나를 이해할 수 있을 테니까. 나 역시 내 경험만큼만 엄마를 이해할 수 있으니 서로 다 안다는 오해는 하지 않기로 했다.

엊그제는 동이 씨가 당황한 목소리로 말했다.

너 그거 아니? 이히리베디히가 보이지 않는 사랑이라는 뜻이 아니래.

동이 씨는 평생 오해해온 그 외국어의 뜻을 알고 조금 충격을 받았다고 했다. 얼마나 많은 것들을 잘못 알고 있을지, 오해하고 있을지 생각하면 아찔하다고.

언젠가 틀린 걸 모두 다시 고칠 수 있을까?

동이 씨가 내게 남긴 물음이 아직도 내 안에 있다.

다시 쓸 수 있을까, 고칠 수 있을까.

11월에 눈이 오면, 시월에 갈 거다. 11월에 만나는 시월은 어떤 과거일까. 아니, 미래일까. 거기서 니나를 만나고, 희수를 만나고, 다른 애들을 만날 것이다. 니나가 시작한 진짜 소설 이야기를 들어볼 거다. 눈발이 날리는 뮌헨의 거리에서 시작하는 이야기라고 했다. 한 사람이 아니라 두 사람이 있는 이야기고, 여자의 이름은 니나가 아니라 혜인이라고 했다. 니나의 이야기 속에서 혜인은 그 남자를 구할 수 있을까? 어쩌면 니나가 구하고 싶은 것은 남자가 아니라 눈이 내리던 11월, 그 시간일지도 모르겠다. 후회와 죄책감과 소멸로부터 그때 그 두 사람을 구하고 싶은 것인지도.

그게 무엇이든 구하는 이야기를 기대하며 11월을 보내고 있다. 소설은 아무 힘이 없다는 것을 알지만 기다리게 된다. 삶에 구원이 없다는 것을 알면서도 한 번씩 간절해지는 것처럼.

구해주길.

주말에 눈이 온대요.

금요일마다 승호 씨에게 문자가 온다. 틀린 일기예보가 전부지만, 나는 그 한 줄로부터 어떤 이야기를 이어 쓰는 상상을 한다. 그럴 수 있을까? 창문을 열고 냄새를 맡는다. 차고 축축한 공기. 정말 눈이 올지도 모르겠다.

작가의 말

 이야기를 이겨본 적 없다. 이야기는 언제나 나를 앞서간다. 최초의 열망으로부터 멀리 간다. 하지만 모든 것이 불투명할 때도 분명한 게 있었다. 언제나 두 사람이었다는 것. 현실 안과 현실 너머의 사람. 이야기의 시작이 전혜린이었기 때문인지도 모른다. 내게 그는 늘 바깥에, 너머에 있는 사람이었다.

 동경이었을 것이다. 그는 내가 살아본 적 없는 삶이자 여기에 없는 시간이었다. 나는 누군가를 하나의 세계처럼 그리워할 수 있다는 것을 전혜린을 통해 알았다. 페른 베. 먼 곳에 가닿고 싶어 하는 마음.

 전혜린의 이야기를 다시 쓰고 싶었지만, 단 한 줄도 쓸 수 없었다. 누군가의 삶을 다시 쓰는 것은 재현의 일이 아니니까. 그것은 한 생의 경험을 오롯이 통과한 후에 되돌아가려는 마음일 것이다. 내게 글은 생生의 또 다른 이름이고, 내가 다시 쓸 수 있는 것은 오직 나의 삶, 나의 글뿐이라는 것을 알게 됐다.

다시 쓰기로 시작한 글은 이어 쓰기가 됐다. '나'가 아닌 '너'로부터 이어지는 이야기다. 먼 곳 어딘가에 있을 '나'와 가닿고 싶은 '너'. 언젠가 그들을 마주하고 싶은 마음으로 썼다. 나를 대신해 이야기가 먼저 도착하기를.

소설은 어딘가에 존재하는 누군가의 생이라고 믿게 됐다. 아직 만나지 못한 혹은 놓치고 돌아선 나와 당신이라고.

이제야 단어 하나에 담아야 하는 생의 무게를 조금 알 것 같다.

시간의흐름。소설 № 3

페른베 1판 1쇄 2025년 5월 23일 펴냄 • 1판 2쇄 2025년 6월 10일 펴냄
지은이 신유진 • **펴낸이** 최선혜 • **편집** 최선혜 • **표지 디자인** 박소영 • **사진** Joel Moritz • **인쇄 및 제책** 세걸음
펴낸곳 시간의흐름 • **출판등록** 제2017-000066호 • **주소** 서울시 서초구 바우뫼로 11안길 25
이메일 deltatime.co@gmail.com • **ISBN** 979-11-90999-21-2 03810
* 이 책의 일부 또는 전부를 재사용하려면 반드시 저작권자와 시간의흐름 출판사 양측의 동의를 얻어야 합니다.